KB154753

잊을 수 없는 증인

이 책은 2010년 좋은생각에서 발행한 《우는 사람과 함께 울라》를
(주)도서출판 나무생각에서 개정증보판으로 펴낸 것입니다.

잊을 수 없는 증인

40년간 법정에서 만난
사람들의 연약함과 참됨에 관한 이야기

윤재윤 지음

🌱 나무생각

법조인으로 일해온 지 올해로 만 40년이 되었다. 법관으로 30년 6개월, 변호사로 10년 가까이 지냈으니, 법이 내 삶의 중심이었다고 말할 수밖에 없다. 하지만 법은 나에게 아직도 몸에 잘 맞지 않고, 좀 어색하고, 때로는 거리가 먼 친구 같은 느낌을 준다. 법과 재판에 능숙해지기는커녕, 시간이 지날수록 법과 재판이 참으로 부족하고 불완전한 제도임을 절감하고 있다. 무정하고 획일적인 법으로 복잡하고 깊은 인간사를 재단한다는 것이 얼마나 거친 일인가. 안타깝고 회의감이 들 때가 한두 번이 아니었다.

이런 속에서 재판에 관한 일을 계속 해올 수 있었던 것은 내 안에 '사람은 어떤 존재인가'라는 질문을 품고 있었기 때문인 듯하다. 왜 이 질문을 갖게 되었는지 까닭은 알 수 없지만, 재판에서 어떤 사람을 만나건 간에 그 사람의 살아온 삶과 생각, 감정을 진정으로 이해하고 싶었다. 민사, 형사, 가사 재판에 관여하면서 고관대작부터 상습 범죄인에 이르기까지 많은 사람들을 만났는데, 자기 회의와 관계의 갈등, 두려움과 분노로 고통받지 않는 사람은 단 한 사람도 없었다. 누구나 내면에 여리고 섬세한 어린아이가 살고 있음을 볼 수 있었다. 또한 어려운 상황 속에서도 기개 높고 올바른 행동을 하는 사람들을 가끔 만날 수 있었는데, 그때마다 나 자신이 새로운 용기를 얻었다. 사람은 한없이 연약하지만, 동시에 참답게 행동할 수 있는 신비로운 존재라는 것이 지금까지 내가 깨달은 결론인 셈이다.

이 책은 그동안 법정 안과 밖에서 만났던 사람들 중에서 위 질문의 답을 찾는 데 실마리를 준 사람들의 이야기를 모은 것이다. 10여 년 전에 펴냈던 《우는 사람과 함께 울라》의 개정 증보판이다. 위 책에 있던 글 일부를 빼고, 대신에 몇 년 전부터 썼던 글들을 새로 합쳤다. 이러다 보니 40대에 썼던 글과 20년 가까이 지나서 쓴 글들이 함께 실리게 되었다. 하지만 위 질문에 대한 관심은 변하지 않았다.

이 책을 마무리하면서 오래전 읽었던 우화 하나가 떠오른다. "하나님은 왜 천사보다 사람에게 더 관심을 갖고 계실까?" 그 답은 천사는 이미 거룩하고 순결한 존재여서 신이 관심을 가질 필요가 없지만, 사람은 "거대한 장애물에 걸려 있어서 자신을 자유롭게 만들어야 하는 과업"을 가진 존재이기 때문이라고 한다(마르틴 부버). 자신에게 부과된 삶의 짐을 기꺼이 짊어지는 사람에게는 하늘로부터 길이 열리는 법이다. 내가 지금까지 살고 일하면서 어설프게나마 길 찾는 법을 배우게 된 것을 지복으로 여긴다.

2021년 여름, 북한산 밑에서
윤재윤

차례

책을 내면서 4

마음 — 우리 속의 신비한 심연

두 개의 돌 14

자기에게 웃어주기 18

굴레에서 벗어나기 22

직관의 소리 26

뉘른베르크 법정의 두 아버지 32

거짓의 대가는 자신이 치른다 37

복된 잘못 41

힘을 다 쓰지 말라 45

10분이 주는 자유 49

사추기 소묘 54

간절히, 그리고 자유롭게 58

나의 외로운 취미 62

오늘은 나, 내일은 너 67

두 종류의 열등감 72

단단한 행복 77

완벽한 하루 81

안락을 넘어 기쁨으로 85

나는 바보야 90

관계 — 나를 넘어서, 마음을 다하여

우리는 얼마나 자주 안아주는가 96

12인의 성난 사람들 100

무엇인가 들려오고 있다 104

누구를 향한 분노인가 108

신부님의 우산 113

참새 117

요셉의원에서 생긴 의문 120

연민의 힘 126

관용이 최상의 덕이란다 130

네가 아프니 나도 아프다 135

사랑받아야 사랑할 수 있다 139

별똥비 내리는 밤 143

아이 뒤에 서기 147

아버지의 마지막 온기 152

눈물 — 세상에서 가장 깨끗한 것

나는 잘못 판단하였습니다 158

눈물 흘리는 정의 162

입장이 관점을 만든다 166

현장은 다르다 170

사건의 두 얼굴 175

법적 사실과 진실 179

그의 진실은 무엇이었을까 183

사형장의 세 사람 187

베토벤의 재판 192

실패에서 배우라 198

인간은 어떤 존재인가 201

우리의 인식은 얼마나 정확한가 205

대도를 위한 변명 209

후회와 자책감에 대하여 213

성장 — 진실과 갈등의 깊은 숲을 지나

서두르지 않을 것, 집중할 것 220

고난을 대하는 세 가지 태도 224

고통 속에서 피어난 꽃 228

잊을 수 없는 증인 233

이 의자의 주인공은 누구일까요? 237

어느 피고인이 준 선물 241

살아 있다 246

마지막 시간 250

정의의 아들, 지혜의 딸 255

아름다운 벌 260

자기를 넘어서는 무엇인가 264

민 선생님 268

진정한 성공은 무엇인가 272

마음 —— 우리 속의 신비한 심연

그대가 아무리 큰일을 하더라도

그대의 가슴을 뒤흔드는 것이 없다면

그대의 삶은 빈껍데기이며 절망의 삶일 수밖에 없다.

지금 무엇이 그대 가슴을 뒤흔드는가.

두 개의 돌 ──

살아가면서 어려운 일을 겪을 때는 말할 것도 없고, 별다른 일
이 없어도 까닭 모를 우울이나 불안감에 시달리는 경우가 있
다. 이런 감정에 빠지는 것은 삶에서 피할 수 없는 부분인데,
나의 경험으로는 이런 감정이 나 자신에 대한 인식과 깊은 관
련이 있는 듯하다. 자신에 대한 인식이 단단할 때에는 감정의
동요가 적은데, 이것이 흔들릴 때는 조그만 일에도 견디기 어
려운 혼란을 겪는다. 결국 나 자신에 대한 인식을 올바로 품는
것이 삶에서 매우 중요한 일이라고 하겠다.

　나는 이에 관하여 기막힐 만큼 명쾌한 말을 읽고 큰 도움
을 받아왔다. 유대인 랍비 부남Bunam이 남긴 말이다.

"모든 사람은 두 개의 돌을 갖고 있어야 한다. 때에 따라 필요한 대로 선택할 수 있도록. 오른쪽 돌에는 '세상은 나를 위하여 창조되었다.'라는 글씨가 새겨져 있고, 왼쪽 돌에는 '나는 먼지에 지나지 않는다.'라고 새겨져 있다."

오른쪽 돌은 세상과 나의 근본 관계에 대하여 가르쳐준다. 내가 이 세상의 주인공이고 권리자라는 것이다. 내가 있어야 세상도 있고, 내가 눈을 감으면 세상이 사라진다. 나는 세상과 일대일로 상대하는 주체이고, 근본적으로 세상이 나를 위하여 있는 것이다.

이 돌은 나를 위하여 창조된 세상과 사람에 대하여 두려움을 버리고, 편한 마음을 먹으라고 말한다. 이런 세상에 내가 던져졌고, 보내졌으므로 내가 주인공임을 잊지 말라고 한다. 나의 가족, 일, 친구, 취미는 이 세상에서 나에게만 주어진 것이고, 나는 이 속에서 이들을 만나고 일하고 즐기며 살아간다. 이러한 것들이 나의 나라를 이루며, 나는 이를 주관하는 왕이자 주인공이다. 어느 누구도 나의 역할을 대신할 수 없다. 내가 외적으로 아무리 하찮고 힘이 약하다 하더라도 이는 외적 조건일 뿐이고, 나의 본질에는 영향이 없다. 이 나라를 내 나름대로 관리하고 주관하는 데 내 삶의 의미가 있다.

따라서 이 나라에서는 내가 세상에 맞출 것이 아니라, 내가 세상을 주도하고 당당히 대하여야 한다. 세상의 어떤 것이 내 마음에 맞지 않으면, 그런 것은 내 나라에 들이지 않겠다는 기백을 갖고 살아야 한다. '隨處作主 立處皆眞수처작주 입처개진'(어떤 곳에서건 주인이 되면 모든 것이 참되다.)이 바로 이런 태도를 뜻한다. 오른쪽 돌에 마음을 집중하면 마음이 밝아지고 차츰 용기가 생긴다.

왼쪽 돌은 나 자신의 본질을 일깨워준다. human(사람)은 '흙'을 뜻하는 라틴어 '호무스homus'에서 나왔다. 우주의 탄생도 최초 원물질이 형성되면서 시작되었고 당연히 이것들이 우리 몸을 이룬다. 구약성경 〈욥기〉에서는 "사람은 흙이니 흙으로 돌아갈 것"이라고 하였다. 누구나 똑같이 흙으로 빚어졌고, 아무리 위세 높은 사람도 흙으로 돌아가는 유한하기 짝이 없는 존재다. 그런데도 우리는 이를 잊은 채 서로 다투고 상처를 주며 산다. 욕심과 산란한 마음이 생길 때 왼쪽 돌은 특효약이다. 한순간 존재하는 먼지에게 도대체 무엇이 필요한가? 이 돌은 나 자신이 어떤 존재인가에 대하여 정신이 번쩍 나게 한다.

나는 두 개의 돌을 번갈아 잡으며 살아왔다. 이전에는 오른쪽 돌을 훨씬 자주 잡았다. 답답하거나 의기소침해지면 오른쪽 돌을 잡고 외치는 나만의 주문이 있다.

"겁날 게 없다. 내 세상이다. 마음껏 힘차게 살아라."

지금도 가끔 이런 주문을 왼다. 이렇게 몇 차례 되뇌이면 용기가 생기고 마음이 든든해진다.

나이가 들면서는 왼쪽 돌을 잡는 일이 점점 늘고 있다. 삶의 유한함과 연약함을 생각하는 것은 뜻밖에도 자유로움을 준다. 나에 대한 과도한 기대, 실수에 대한 후회가 큰 문제가 되지 않고 당연한 한계로 받아들여진다. 내가 흙에 불과하다는 사실은 내 밑바닥이 어디인지 알게 하고 자기중심증을 벗어나게 해주는 해독제다.

두 개의 돌은 신비한 역설이다. 나는 세상의 당당한 주인공이면서, 동시에 하찮은 먼지에 불과하다! 강함과 약함, 빛과 어두움, 선함과 비천함이 모두 내 안에 들어 있고, 결국 나의 삶은 이러한 존귀함과 연약함이 하나가 되도록 하는 과정이 아닐까. 오늘도 두 개의 돌이 나에게 당당하면서도 자유롭게 살라고 말해주고 있다.

자기에게 웃어주기 ────

자기에게 웃어주는 것이야말로

자기를 사랑하고 존중하는 일이다.

20대 청년 세 사람이 독극물을 먹고 자살한 사건을 처리한 적이 있다. 기록에 그중 한 청년이 쓴 유서 한 장이 끼어 있었는데 반듯한 글씨로 어머니께 남긴 것이었다. 그는 어머니께 용서를 빌면서 유서에 "나는 무능하고, 아무도 나를 인정해주지 않아서 더 이상 세상을 살아갈 자신이 없습니다. 사는 것이 너무 힘듭니다."라고 썼다. 그렇게 정갈한 편지를 쓴 청년이 스스로 목숨을 끊었다는 사실이 너무 가슴 아팠다.

　많은 사람들이 타인에게 자기 능력을 인정받고자 하는 욕구 때문에 고통받는다. 특히 젊은이들에게는 문제가 더 심각한 듯하다. 나도 이 문제로 어려움을 겪으면서 나름대로 나 자신을 대하는 방법 몇 가지를 터득했다.

첫째, 스스로를 존중하는 만큼 다른 사람도 나를 존중해준다는 사실을 기억하자. 다른 사람의 인정을 받고자 하는 욕구는 누구나 갖고 있는 자연스러운 감정이다. 그런데 다른 사람에게 인정을 받으려고 의식적으로 노력을 하면 그만큼 효과가 나지 않는다. 오히려 부자연스러워져서 나쁜 인식만 주기도 한다.

오래전 지방의 한 법원에서 경험한 일이다. 청소 등 잡다한 일을 하는 나이 많은 직원 한 분이 있었다. 직급도 제일 낮고 가난한 데다 지병이 있어 여러 직원들의 도움 없이는 일을 계속할 수 없는 처지였다. 웬만한 사람 같으면 위축될 만도 한데 그분은 오히려 모든 직원들에게 존경받았다. 그분을 유심히 관찰해보니 능력이 뛰어나거나 특별히 일을 잘하는 것은 아니었다. 그저 묵묵히 맡은 일만 할 뿐이었는데, 더 지켜보니 넉넉한 자기 존중감이 직원들의 존경을 받는 근원이었다.

자기 존중감은 자신을 있는 그대로 인정하고 부족함도 받아들이는 마음이다. 이는 전염성이 강해서 다른 사람에게 큰 영향을 미친다. 자기 존중감이 충만하면 행동이 자유롭고 솔직해져서 다른 사람에게도 자연스레 인정받는다. 가장 '자기다운 사람'은 능력이나 지위에 관계없이 인간적인 매력을 풍긴다. 이것이야말로 다른 사람의 인정을 얻는 결정적 요소인 셈이다.

둘째, 가끔씩 자기 자신에게 웃어주어라. 사람은 누구나 잘못을 저지른다. 사는 것 자체가 실수와 모자람의 과정이기도 하다. '나는 안 돼.', '못난 놈'이라고 자책하거나, '왜 그랬을까?' 후회하며 우울해했던 적 없는 사람은 없으리라.

인간의 죽음을 연구한 알폰스 데켄Alfons Deeken은 호스피스 활동에 있어서 가장 필요한 특질이 '유머'라고 말한다. 시한부 환자와 호스피스 사이는 웃음과 유머로 충만해야 즐거운 분위기가 형성된다는 것이다. 환자가 죽어가는 자신을 받아들이고 호스피스와 솔직하게 마음을 나눌 때 자연스럽게 유머와 웃음이 나온다고 한다. 유머는 '그럼에도 불구하고 웃는' 것이다. 현실을 왜곡하는 것이 아니라 보는 방식을 바꾸어 현실을 극복함으로써 웃을 수 있는 내적 자유를 갖는 것이다.

우리는 자신에게 항상 많은 것을 요구하며 긴장하고 두려워하는 마음으로 살아간다. 자신의 부족한 점과 잘못할 수도 있음을 받아들이며 웃고 용서할 수 있는 자유로움을 잊고 산다. 죽음 앞에서도 유머로 충만할 수 있는데, 하물며 삶이 좀 어렵다고 해서 웃지 못할까!

　나는 내가 실수를 하거나 지나치게 긴장해 있다고 느끼면 무엇이 원인인지 따져본 다음에 스스로 웃어넘기면서 내 마음을 어루만진다. 누가 나보다 나 자신을 더 잘 위로할 수 있을까? 유쾌하게 웃을수록 더 자유로워진다. 자기에게 웃어주는 것이야말로 자기를 사랑하고 존중하는 일이다.

　이러한 자기 존중과 유머를 가지려면 어떻게 해야 할까? 이 귀한 성품은 한번 해본다고 생기는 게 아니라 반복된 경험 속에서 서서히 생겨난다. 다른 사람을 존중하고, 그들의 실수에도 따뜻하게 웃어주고 진심으로 위로하는 과정에서 자연스레 존중감과 유머를 얻는다. 다른 이와의 관계 속에서 훈련을 해야 자기 자신도 같은 태도로 대할 수 있다. 다른 사람을 대하는 마음 그대로 자신을 대하기 때문이다.

　나는 재판할 때도, 사적으로 사람들을 만날 때도 늘 내 마음을 살핀다. 진실하고 따뜻하고 정성스러운 마음으로 대하기 위해서다. 마음 같지 않게 실패할 때가 많지만 다른 사람을 존중하고 관대하게 대하는 마음이 곧바로 나 자신을 대하는 마음으로 이어진다는 사실을 깊이 느끼곤 한다.

굴레에서 벗어나기 ──

자기의 마음을 해방시켜

참 자유를 줄 사람은 자신뿐이다.

그녀는 아홉 살이 되어서야 출생증명서를 받았고, 열여섯 살이 될 때까지 학교 문턱에도 가본 적이 없었다. 종교 광신자인 아버지는 정부 제도와 공교육을 배척하고, 가족들을 데리고 미국 아이다호 산골에서 폐차장을 운영하면서 오직 무서운 '심판의 날'을 기다리며 지냈다. 모르몬교 경전과 종교 서적이 그녀가 접할 수 있는 책의 전부였다. 그러나 그녀는 여러 가지 일을 겪으면서 차츰 아버지의 생각에 의심을 품기 시작하였으며, 몰래 독학을 해서 대입자격시험에 합격한 뒤 아버지의 반대를 뿌리치고 열일곱 살에 지방의 대학에 진학하였다. 천신만고 끝에 대학을 졸업하였고, 이어 장학금을 받는 행운이 따라주어 케임브리지대학에서 스물여덟 살에 역사학 박사학위를 받았다. 그녀, 타라 웨스트오버_{Tara Westover}는 서른두 살 때 자신이 겪은 일을 담아 《배움의 발견_{Educated}》이라는 책을 펴냈는데, 이 책은 그녀가 '세계에서 가장 영향력 있는 인물 100인'에 선정될 정도로 감동적인 내용을 담고 있다.

나폴레옹과 장발장이란 이름을 들어본 적이 없을 정도로 사회와 단절된 생활을 한 산골 소녀가 공부를 시작한 지 불과 10여 년 만에 명문 대학에서 박사학위를 받았다는 성공 스토리도 놀랍지만, 이 책이 감동을 주는 이유는 가족과 관념의 굴레 속에서 어린 소녀가 어떻게 의심하고, 저항하고, 방황하며 자기의 길을 찾았는지에 관한 내면의 투쟁 이야기이기 때문이다. 이 책 중에서 그녀의 몇 가지 모습이 특히 인상적이다.

우선 그녀는 당장 가능한 작은 일부터 찾아서 시작하였다. 아버지의 생각에 의심이 생기자, 마을에 있는 가게에서 아르바이트를 하면서 세상을 배우기 시작했다. 아버지가 반대하는 무용 교습을 받고, 성악 레슨도 받으며 뮤지컬 연극에 출연하기도 하고, 선생님과 친구를 사귀었다. 이런 작은 경험들이 대학 진학의 결단을 내리는 데 큰 도움이 되었다.

다음으로, 대학에서 공부할 때 그녀의 형편없이 낮은 교양

수준이 오히려 독창적인 사고의 원천이 되었다는 점이 흥미롭다. 교과서가 무엇인지도 몰랐는데, 막상 책을 읽기 시작하자 "책에 쓰인 말들을 나 스스로 판단할 수 있다고 믿으며 읽는 것은 전율이 흐를 정도로 기쁜 일"이 되었다. 책에 쓰인 사상들을 '자신의 것'으로 만들 수 있었다. 사람들은 누구나 각자의 주관적 편견을 갖고 있으며, 이를 나누며 조정하는 것이 책이라는 점을 알게 되었다. 이렇게 책을 읽음으로써 독창적인 생각을 하여 우수한 평가를 받게 되었다.

무엇보다도 이 책의 핵심은 그녀가 아버지에게서 독립하여 자기 정체성을 찾는 데 있다. 그녀는 학교에서 자신의 가족과 과거가 부끄러워서 사람들의 눈길을 피하며 지냈다. 어느 날 모임에서 도망치듯 나오는 그녀를 눈여겨본 지도 교수가 진심 어린 충고를 해주었다.

당신은 다른 사람을 흉내 내고, 그렇게 가장하는 일에 목숨이 달려 있기라도 한 듯이 지내요. …… 자신이 누구인지를 결정하는 가장 강력한 요소는 그 사람의 내부에 있어요. 자기 자신에 대한 믿음이 생기면 겉에 무슨 옷을 입고 있는지가 전혀 중요하지 않게 되지요.

이 말이 각성의 계기가 되었다. 그녀는 자신이 가진 수치심의 근원이 지배적인 아버지와의 관계에 있음을 알고 그 관계를 변화시키려고 노력하였다. 그러나 아버지의 완고한 태도가 변하지 않자 격렬한 갈등의 시간을 거쳐 마침내 정신적으로 독립하게 된다. 그 후 그녀는 사람들에게 자신의 가족과 특이한 과거를 편하게 이야기할 정도로 여유 있는 사람으로 변하였다.

그녀의 이야기는 굴레에서 벗어나 자유를 향한 여정이다. 그녀는 자신의 주인이 되어 내적 제한에서 자유로운 상태가 되는 것이 '적극적 자유'라는 말을 수업 시간에 듣고 크게 공감했다고 한다. 이는 비이성적인 두려움이나 중독, 강박에서 벗어나는 것이다. 그녀는 자기의 마음을 해방시켜 참 자유를 줄 사람은 자신뿐임을 깨달았다. 이것이 그녀 자신을 지탱하는 큰 힘이 되었다.

우리도 마찬가지 아닐까. 누구나 크고 작은 굴레를 품고 사는데, 어떤 이는 이를 의식조차 못 한다. 자신을 얽매는 굴레를 인식하고 이를 풀어낸 그녀의 싸움은 우리 모두의 이야기여서 감동을 주는 것이다.

직관의 소리 ────

콜린 파월Colin Powell이 미국 국무장관을 지내던 시절, 그는 당시 세계에서 가장 바쁘고 중요한 결정을 하는 사람 가운데 한 명이었을 것이다. 그는 직무상 판단할 문제가 워낙 많아서 항상 정보 부족과 시간 부족에 쫓겼다고 한다. 이럴 때 그는 어떤 방법으로 사태를 판단하고 결정했을까?

그의 자서전을 보면 2단계로 된 '판단의 철학'을 배울 수 있다. 1단계는 정보 수집 단계다. 결정할 사항이 생기면 먼저 온갖 방법을 동원하여 최대한 철저하게 정보와 자료를 수집한다. 이렇게 모은 정보량이 전체의 40퍼센트 내지 70퍼센트에 이르면, 더 이상 기다리지 않고 2단계인 판단 단계로 넘어간다. 모은 자료를 검토하고 분석할 때는 정보가 부족한 부분이 항상 있기 마련이어서 최종적으로는 자신의 본능과 직관에 판단을 맡긴다고 한다. 각종 정보 분석과 데이터 확인이 필수적이기는 하지만 판단의 중심은 어디까지나 자신의 직관이라는 것이다. 초정밀 과학 시대에 최정상의 권력자가 전문적인 분석 자료보다 자신의 직관에 의지하여 결정한다는 사실은 의미심장하다.

나 역시 오랫동안 재판을 해오면서 사람의 판단 방법과 그 과정에 큰 관심을 갖게 되었다. 물론 재판 업무는 증거와 법률에 의해 논리적으로 판단해야 하므로 콜린 파월의 직관법과는 거리가 멀다. 오히려 모호하고 주관적 개념인 직관을 가지고 사건을 처리하는 것은 용납되지 않는다. 대개의 사건은 아무리 복잡해도 논리적인 분석으로 판단할 수 있다. 피고인이 범행을 저지르는 것을 보았다는 증언과 그 시간에 피고인과 같이 있었다는 증언이 팽팽하게 대립하는 경우, 돈을 주었다는 증언과 받은 일이 전혀 없다는 증언이 엇갈리는 경우 등 정반대 증거가 제출되는 사건이 흔히 있지만, 여러 증거를 합리적으로 분석하면 올바른 결론을 내릴 수 있다.

그렇지만 판단이 정말 어려운 사건도 더러 있다. 몇 년 전

일이다. 대형 빌딩의 건축주와 시공사 사이의 소송이 2년 내내 계속되면서 손해가 150억 원 정도로 늘어났다. 양쪽이 제출한 증거는 캐비닛을 가득 채울 정도였고, 증거에 모순점이 많아 며칠씩 기록을 검토했지만 판단이 서지 않았다.

논리적으로는 이미 한계에 부딪힌 셈이었고, 잠을 이룰 수 없을 정도로 고심이 되어 일단 기록을 덮었다. 사건을 잊은 채 일주일을 보낸 뒤 다시 기록을 꺼내 첫 페이지부터 찬찬히 읽었다. 그러자 신기하게도 전에 이해하지 못했던 모순점이 해결되며 서서히 확신이 서는 것 아닌가. 기록을 덮었던 일주일 동안 무의식 속에서 사건 판단을 위한 준비 작업이 진행되고 있었던 것이다. 결국 평온한 마음으로 판결을 선고할 수 있었다.(그 뒤 이 사건은 항소심에서 같은 내용으로 화해가 이루어졌다.) 드문 일이지만 이러한 재판 경험이 몇 차례 더 있었다. 특히 유·무죄를 판가름하는 형사사건을 판결할 때에는 올바른 판단을 할 수 있도록 신에게 간절히 기도하곤 한다. 이와 같은 신비한 과정은 사람에 따라 '무의식', '하느님의 뜻' 등으로 이해되기도 한다.

이러한 차이에 관계없이 우리는 저마다 신비한 직관의 힘이 있다고 믿는다. 직관이란 자기의 총체적 삶에서 우러나오는 근본적 판단이므로 자기 삶의 진정한 힘이 된다. 안타까운 사실은 합리성, 실증성, 논리성만 앞세우는 과학 지상주의로 인해 현대인은 신비와 믿음에 대한 감각을 점점 상실해간다는 점이다.

이러한 경험 때문인지 나는 일상생활에서도 어려운 일을 결정할 때는 직관의 힘을 구한다. 먼저 누구의 방해도 받지 않을 시간을 택한다. 고요한 새벽이나 혼자 지하철을 탈 때가 좋다. 마음을 비우고 문제를 자신에게 던져본다.

'이것이 옳은가? 어떻게 하는 것이 좋은가?'

그리고 조용히 내면에서 답이 오기를 기다린다. 답은 대개 속삭이듯 희미하게 들려온다. 곧바로 응답을 느낄 때도 있지만 여러 차례 시도해야 응답을 얻을 때도 있다. 이렇게 얻은 판단에 따라 하는 행동은 그 결과가 좋든 나쁘든 한 번도 실망한 적이 없었다. 마음 중심에서 우러나온 행동에는 후회가 없기 때문이리라.

다만 직관의 힘을 얻기 위해 미리 자료를 모으고 사리를 따져보는 등 준비를 충분히 해야 한다. 재판에서 증거를 철저히 검토한 뒤에야 비로소 직관이 발동하는 것처럼 준비 없이는 직관도 응답하지 않는다. 직관은 우연이나 감정이 아니라 자신의 깊은 곳에서 나오는 진실이다. 진지한 노력 없이는 오히려 잘못된 소리만 듣게 될지도 모른다. 최선을 다하는 사람만이 직관의 소리를 들을 수 있는 법이다.

바쁘게 돌아가는 생활의 수레바퀴를 멈추고 가끔씩 직관이 전해주는 내면의 깊은 소리를 들어보기 바란다.

뉘른베르크 법정의 두 아버지 ──

견디기 어려운 미움부터 진실한 사랑까지,

인간성의 끝은 어디일까.

2차 세계대전이 끝난 직후인 1945년 11월 독일의 뉘른베르크에서 전범 재판이 열렸다. 나치의 2인자였던 헤르만 괴링 Hermann Göring 등 나치 간부 21명에게 전쟁 중 저지른 가혹 행위와 유대인 학살의 책임을 묻는 재판이었다. 1년간 치열하게 재판이 진행되어 12명이 사형 판결을 받았다. 이 재판은 세계 최초로 "인류에게 해악을 가하는 행위에 대하여 국제적으로 구성된 법원이 형사처벌을 부과할 수 있다."라고 판결한 기념비적인 것이었다.

그러나 이 재판에는 법률적 문제가 있었다. 피고인들의 범행 당시 이를 처벌하도록 정한 법률이 없어서 형사법상 '죄형 법정주의'에 어긋난다는 비판이 있었다. 이 때문에 피고인들에게 가벼운 형벌이 선고될 가능성도 배제할 수 없었다. 재판의 마지막 기일에 이 재판에서 가장 극적이고 결정적인 일이 일어났다. 구형을 하는 검사가 예상을 깨고 법리적 주장 대신에 유대인 학살 장면을 목격하였던 어떤 독일인이 쓴 진술서를 읽었던 것이다.

이들은 소리를 지르거나 울지도 않고 가족끼리 모여 서서 서로에게 입을 맞추며 작별 인사를 하고는 SS대원의 신호를 기다렸다. …… 나는 50대의 부부, 한 살, 여덟 살, 열 살 정도의 아이들과 스무 살에서 스물네 살 사이의 딸들로 구성된 여덟 명의 가족을 지켜보았다. 머리가 하얀 여성이 아기를 그녀의 팔에 안고 노래를 부르고 간지럼을 태웠다. 아기는 즐거워서 옹알거렸다. 부부는 눈물 젖은 눈으로 서로를 바라보았다. 아버지는 열 살 된 남자아이의 손을 잡고 있었는데, 그가 아들에게 부드럽게 말했다. 소년은 눈물을 흘리지 않으려고 애쓰고 있었다. 아버지는 하늘을 가리키고 아이의 머리를 쓰다듬으며 아이에게 무언가 설명을 하는 것 같았다.

진술서가 낭독되는 순간 법정 전체에 침묵이 흘렀고, 무죄를 주장하던 피고인들은 고개를 떨구었다. 죄 없는 한 가족이 위엄을 잃지 않고 죽음을 맞이하는 장면이 떠오르면서 피고인들의 행위가 '왜 인도人道에 반하는 죄악인지'가 명확해지는 것 같았다. 정교한 법 논리보다 한 가족의 마지막 모습이 진실에 호소하는 힘이 더 컸던 것이다. 이 법정에 있던 한 작가는 이때를 '생생한 슬픔'의 순간이라고 표현했다.

이 재판 이외에도 유대인 가족의 최후에 관한 목격자의 진술은 아주 많은데, 이런 내용도 있다.

독일군은 어떤 유대인 가족의 아버지에게 그가 전문가이기 때문에 만약 가족을 버린다면 살려주겠다고 말했다. 이에 대해 그는 보란 듯이 한쪽 팔로는 아내의 팔을 끼고, 다른 한 팔로는 아이의 팔을 낀 다음 고개를 당당히 들고 함께 죽음을 맞이하였다.

죽음이라는 공포 앞에서도 가족 사이의 따뜻함과 위로, 부드러움, 책임은 결코 사라지지 않았다. 지옥과 같은 어둠 앞에서 가족끼리 보살피고 위로하는 사랑은 고요한 빛으로 타오르고 있었다! 처절한 운명을 넘어서는 인간만의 숭고함이 느껴지지 않는가.

그런데 나치가 죽이고 파괴시킨 건 이들 유대인 가족뿐만이 아니다. 그 재판의 피고인 중에 폴란드 총독을 지낸 한스 프랑크Hans Michael Frank가 있었는데 그도 유대인 학살을 주도한 행위로 사형 판결을 받았다. 당시에 그의 막내아들은 일곱 살이었는데, 아버지가 저지른 행동과 거짓된 태도를 생생하게 기억하면서 평생 고통을 받았다고 한다.

나중에 독일의 저명한 언론인이 된 그는, 아버지의 행적을 철저히 조사하였고 그 끔찍한 범죄를 인정하는《아버지》라는 책을 쓰기도 했다. 그는 여든 가까운 나이가 되어서도 사형을 당한 아버지의 사진을 매일 보면서 "아버지가 죽었다는 것을 매일 상기하고 확인해야 한다."라고 말할 정도로 괴로워하였다. 아버지가 저지른 짓으로 인간에 대하여 깊은 공포심을 느끼지 않을 수 없었다는 것이다(필립 샌즈,《인간의 정의는 어떻게 탄생했는가》).

목숨이 끊어지기 직전까지 아들을 보살피는 아버지와 죽은 지 수십 년이 지나도록 아들에게 고통을 주는 아버지… 견디기 어려운 미움부터 진실한 사랑까지, 인간성의 끝은 어디일까.

역사의 소용돌이 속에서 죽어간 이들은 우리에게 가족이 무엇이며, 가족 안에 무엇이 있는지 묻고 있다. 지금 나와 우리 가족은 어디쯤 있는 것일까 곰곰 생각에 잠기게 된다.

거짓의 대가는 자신이 치른다 ──

내가 믿는 진실만큼은 누구도 관여할 수 없고,
나만이 지킬 수 있는, 나의 유일한 것이다.

사람의 주검을 처음으로 생생하게 본 것은 사법연수생 시절 검사 시보로 일할 때였다. 50대 후반의 남자가 주임 검사에게 조사를 받았는데 눈이 번쩍 뜨일 정도로 잘생긴 사람이었다. 10여 회가 넘는 그의 범죄 경력은 사기죄, 혼인빙자간음죄, 횡령죄 등 주로 남을 속여 등쳐 먹는 범죄였다. 준수한 얼굴만 보면 상습 사기범이라는 사실을 도저히 믿을 수 없었다.

　그러나 그는 더할 수 없이 비겁했다. 핑계를 대며 범행을 부인하다가 증거를 들이대면 다른 거짓말을 하고 또 말문이 막히면 다시 말을 바꾸었다. 노련하기로 정평이 난 주임 검사도 약이 올라 얼굴이 붉으락푸르락해질 정도였다.

그런데 다음 날 아침, 검사가 전화를 받고 깜짝 놀랐다. 바로 그 피의자가 간밤에 구치소 수용실에서 용변을 보다가 뇌출혈로 쓰러져 사망했다는 것이다. 즉시 검사와 함께 구치소로 향했다. 그의 시신은 구치소의 차가운 의무실 수술대 위에 눕혀 있었다. 부검의가 칼로 옷을 자르고 부검을 시작했다. 차례로 절개되는 그의 몸과 흘러내리는 피를 보면서 사람이 무엇인가, 육체가 무엇인가 하는 의문에 사로잡혔다. 바로 전날 조사받을 때 죄를 조금이라도 줄여보려고 안간힘을 쓰던 그가 아니었던가! 그가 남긴 것은 무엇일까? 하룻밤 사이에 죽음의 세계로 넘어간 그를 보면서 그의 거짓됨이 치른 대가가 무엇인지 생각하지 않을 수 없었다.

그 뒤 재판을 하면서 상습 사기범을 여럿 만났다. 이전의 기억이 워낙 강해서인지 그들이 왜 사기의 습벽에 빠지는지 관심 있게 살피다가 두 가지 특징을 발견했다.

첫째, 사기죄는 다른 범죄와는 근본적인 차이가 있다는 점이다. 폭력, 절도, 심지어 살인죄까지도 난폭함, 탐욕, 분노가 있을지언정 사람을 고의로 속이거나 배신하지는 않는다. 반면에 사기죄는 온갖 속임수와 거짓말로 피해자와 신뢰 관계를 맺은 다음 이 믿음을 이용해 피해를 입힌다. 피해자들은 대부분 물질적 손해보다도 거짓과 배신행위에 큰 충격을 받고 분노한다. 그래서 교도소에서도 사기범은 다른 죄수들이 가까이 하지 않는다고 한다.

둘째, 이러한 상습 사기 행위로 가장 큰 피해를 입은 사람은 피해자가 아니라 바로 사기범 자신이라는 점이다. 사기범들은 자기도 모르게 거짓말과 속임수가 습관이 되어 자신은 물론 누구도 믿지 못한다. 사람에게서 진실을 기대하는 법을 잊어버린 것이다. 자기 마음의 기초를 거짓에 두기 때문에 자아가 계속 약화되고 최소한의 자존심도 가질 수 없게 된다.

수십 년 동안 돈을 모아 작은 집을 장만하려는 중년 부부를 속여 집값을 전부 편취한 사기범을 재판한 적이 있다. 피고인은 서민을 상대로 여러 건의 부동산 사기만 전문적으로 저질러온 사람이었다. 그는 법정에서 피눈물을 쏟으며 절규하는 피해자 아내의 증언을 들으면서도 전혀 동요하는 기색이 없었다. 그 모습이 마치 생명이 말라버린 그림자 같아 섬뜩한 느낌마저 들었다. 돈을 얻기 위하여 계속된 거짓 행위로 하나뿐인 자기 영혼을 바꾸는 어리석은 거래를 한 셈이다.

이러고 보면 사기 범죄까지는 아니더라도 일상생활에서 하는 거짓말도 본질적으로는 마찬가지로 위험한 일이다. 거짓말과 거짓 행동이 습관으로 굳어지면 자신을 해치는 무서운 독이 될 수 있다.

진실에 대한 믿음은 생명을 지키고 성장시키며 진정한 자존감과 힘을 준다. 이런 생각에서 나는 사소한 거짓말도 하지 않으려 애쓴다. 악의 없는 거짓말이라도 피하려고 하는데 종종 허영심이나 분위기에 휩쓸려 쓸데없는 말이나 과장을 하여 후회하곤 한다. 거짓된 반응을 하고 싶을 때는 일단 행동을 멈추고 침묵하는 것이 가장 좋은 방법이다.

'나는 누구인가?'라는 질문에 대해 '유유일진실唯有一眞實'이라고 답하는 글을 읽었다. '오직 진실만이 나의 유일한 것'이라는 뜻이다. 내 몸을 이루는 원소나 내 생각은 모두 자연계에서 왔거나 나를 둘러싼 문화와 역사의 산물이다. 그러나 내가 믿는 진실만큼은 누구도 관여할 수 없고, 나만이 지킬 수 있는 것이기에 나의 유일한 것이다. 따라서 이를 고의로 저버리는 거짓의 대가는 나 자신을 잃어버리는 치명적인 것이 될 수밖에 없다.

복된 잘못 ——

기억과 감정의 힘은 얼마나 큰 것일까? 특히 어둡고 아픈 기억과 감정은 그 뿌리가 훨씬 깊은 듯하다.

나는 몇 가지 부끄러운 일을 좀체 잊지 못하고 있다. 때때로 이 일들이 떠오르면 후회와 부끄러운 감정에 사로잡히곤한다. 한번은 그 일들을 떠오르는 대로 노트에 적어보았다. 인색하고, 냉담하고, 거짓되고, 정결치 못한 마음으로 행한 잘못들이다. 겉으로는 드러나지 않았고, 주위 사람도 모르거나 잊을 수 있겠지만, 나는 내 잘못이 무엇인지 명확히 알고 있다.

한 가지 위로가 되는 것은 사람이 원래 부족하기 짝이 없고 잘못된 마음과 행동으로 살아가는 존재라는 점이다. 사람들은 장점과 결점을 갖고 나름대로 성취와 실패, 선행과 잘못을 하면서 살아간다. 드물게 아주 좋은 사람도 있지만, 이들도 보이지 않는 내면의 연약함을 피할 수는 없을 것이다.

나는 사람들의 전기를 즐겨 읽는 편인데, 큰 실수와 수치스러운 면이 없는 사람은 단 한 사람도 없었다. 인간의 정신을 고양시키는 책들을 쓴 에리히 프롬, 빅터 프랭클, 장 바니에 같은 사람도 어둡고 부족한 일들을 하였다. 이런 사람들이 그럴진대, 우리들 마음과 행동은 어두움을 피할 수 없는 것이 오히려 당연하다. 결국 사람들이 아무리 그럴듯한 외면과 업적을 내세워도 내면 깊은 곳의 부족함과 어두움을 피할 수는 없다. 누구나 연약함과 실수로 괴로워하는 존재인 셈이다.

가톨릭 신앙을 가진 작가들이 쓴 책을 읽으면서 라틴어인 '펠릭스 쿨파Felix Culpa'란 단어를 자주 접하게 되었다. 처음에는 교리상 용어인 줄 알았는데, 그게 아니었다. 'felix'는 '행복' 또는 '은총', 'culpa'는 '잘못', '추락', '죄'라는 뜻이다. 즉, '복된 잘못'이란 말이다. 이는 사람의 죄가 사람을 신에게 가까이 가게 하고, 죄의 고통스러운 경험을 통하여 신의 사랑을 바로 보게 된다는 뜻이다. 사람이 잘못을 저질렀지만, 이런 과정에서 고통을 겪으면서 새로운 가치관을 찾고 변화하여 결국 행복한 존재가 된다는 삶의 원리를 말하는 것이다. 사람이 잘못을 통하여 변화가 된다면 그런 잘못은 복된 기회가 되는 것이다.

그렇다면 과거의 실패와 잘못 또한 새롭게 볼 필요가 있다. 과거의 잘못에 얽매여 줄곧 후회하거나, 실패로 자괴감에 빠져 자신을 용납하지 못하는 사람이 적지 않다. 하지만 후회와 자책만 계속한다면 또다시 삶을 낭비하는 것이다. 과거의 잘못을 바로잡는 유일한 방법은 잘못에서 배워 제대로 사는 길뿐이다. 인생의 승패는 외적인 결과에 있는 것이 아니라, 불가피한 잘못과 실패의 고통, 즉 자신의 상처를 어떻게 대하느냐에 있는 것 아닐까. 이에 대하여 영성가인 안셀름 그륀Anselm Grun 신부는 이렇게 말한다.

사람은 누구나 상처를 갖고 있다. 상처가 있는 그곳에 진정한 삶으로 가는 길이 있다. 그곳에서 나는 사람들 앞에 멋지게 드러나는 내 모습과 다른 삶이 있다는 것을 알고 있다. …… 상처를 바라보고 그것과 화해하라. 상처는 너를 열어 진정한 자아를 보도록 한다. 상처는 계속하여 너 자신을 탐구하라고, 성장하라고 요구한다. 상처는 너의 영혼을 위한 진실한 의견을 제시해준다. 너의 상처를 바라보고, 네 안에서 흐르는 삶을 발견하라.

이렇게 자신의 상처와 대면하면 고통스러운 기억이나 감정과 화해하게 되어 자신을 받아들이고 타인에 대하여도 친절하고 너그러워진다. 이것이 복된 변화의 출발점이다.

이 글을 여기까지 쓰다 보니 '복된 잘못'이 필요한 사람은 다름 아닌 나 자신임을 알겠다! 내 잘못을 어두운 마음으로 적어놓았던 노트를 꺼내어 다시 읽으면서 이 잘못들이 과연 '복된' 것인지 곰곰 생각해봐야겠다. 이런 시간이야말로 내 삶에서 생명의 진정한 흐름을 발견하는 새로운 기회일 테니까 말이다. Felix Culpa!

힘을 다 쓰지 말라 ────

여유가 없으면 자유와 기쁨이 없는

눌린 삶을 살 수밖에 없다.

언젠가 국회 본회의장에서 야당 국회의원과 어느 장관이 말싸움하는 장면을 TV로 보았다. 의원이 장관의 개인적인 문제를 끄집어내어 질문을 하자 장관은 성난 얼굴로 업무와 관련이 없으므로 대답하지 않겠다고 했고, 화가 난 의원이 다시 공격하자 장관은 당신이나 잘하라고 맞받아쳤다. 두 사람의 험악한 표정과 함부로 내뱉는 말에 적개심까지 느껴졌다. 갈 데까지 가보자는 식의 독하고 여유 없는 태도를 보면서 가슴이 답답해졌다.

이런 답답함은 재판을 하면서도 종종 느낀다. 어느 명문가 자녀들 간에 상속 문제로 분쟁이 일었다. 재판 과정에서 가족의 수치스러운 과거가 드러나고 형제들이 원수로 변해가는데 어느 한쪽도 양보하지 않았다. 이들은 명문가라는 세평이 부끄러울 정도로 상대방을 비난하기에 바빴다.

이전 같으면 조금씩 양보해 스스로 해결했을 분쟁이 소송으로 제기되는 경우가 늘었다. 한 차례 재판에서 이겼는데도 돈을 더 받겠다고 종전 재판의 증인을 위증죄로 고소하며 새로 소송을 제기하는 사람, 상점 직원의 사소한 실수를 빌미로 고객의 권리를 행사한다면서 큰돈을 요구하며 언론에 알리겠다고 큰소리치는 사람도 있었다. 법적으로야 자신의 권리를 행사하는 것이지만, 요사이 우리 사회에는 자기 힘, 자기주장, 자기 욕심을 남김없이 드러내는 자기중심적인 사람들이 너무 많아졌다. 이들은 자기 능력 이상의 허세를 부리며 더 많은 것을 얻으려고 안간힘을 쓴다. 다른 사람의 입장이나 새로운 생각을 받아들일 마음의 여백이 전혀 없다. 이런 사람에게서는 향기가 나지 않는다.

드물지만 그와 반대인 사람들을 만날 때가 있다. 스스로 자기를 낮추어 가진 힘의 일부만 쓰고, 아는 것도 일부는 모르는 체하고, 얻을 수 있는 것도 다 구하지 않는 사람들이다. 이들은 자신을 내세우지 않으며 마음을 비우는 허虛의 분위기를 갖고 있다. 이는 인간의 부족함과 어둠을 이해하는 겸손함에서 비롯된다. 이들은 만날수록 은근한 매력과 감화를 준다.

신영복 선생은 주역을 강해하면서 '70퍼센트의 자리'를 자기에게 가장 어울리는 '득위得位의 자리'라고 강조했다. 사람이 가진 능력이 100이라면 70퍼센트 정도의 능력을 요구하는 자리에 앉아야 적당하다는 것이다. 30퍼센트 정도 여유가 있어야 여기에서 창조와 예술이 나올 수 있다는 말이다. 이런 여유가 없으면 자유와 기쁨이 없는 눌린 삶을 살 수밖에 없다.

한 걸음 물러서는 것이 앞으로 나가는 밑거름이다. 한 걸음 물러서면 하늘이 넓어진다.

이는 주역의 가르침이다. 또한 "길이 좁으면 한 걸음 늦추어 남들과 함께 가고, 맛 좋은 음식이 있으면 삼 할을 남겨 같이 먹으라."라고 한다. 이에 관하여 《벽암록》을 쓴 원오 스님에게 스승인 법연 스님은 '네 가지 가르침法演四戒'을 주었다.

첫째. 주어진 힘을 다 쓰지 말라.(勢不可使盡)
만일 힘을 다 쓰면 반드시 화가 생긴다.

둘째, 하늘이 내린 복을 다 받지 말라.(福不可受盡)

만일 복을 다 받으면 반드시 궁하게 된다.

셋째, 규율을 다 지키지 말라.(規矩不可行盡)

모든 규율을 지키라고 강요하면 반드시 번거롭게 여긴다.

넷째, 좋은 말도 다 하지 말라.(好語不可說盡)

좋은 말을 다 하면 반드시 그 말을 소홀히 여긴다.

인간의 삶을 이루는 힘, 복, 행동, 말, 이 네 가지를 다룰 때 일정 부분을 반드시 남겨놓으라는 것이다. 자기 안에 비어 있는 곳(虛)이 있어야 참 생명이 싹트고 보존될 수 있기 때문이다. 우리 내면의 이런 빈 곳이야말로 자아 성장에 꼭 필요한 자유와 독립과 통일의 못자리가 된다.

자기 욕심으로 가득 찬 우리의 성마른 내면과 얼마나 다른가! 지금부터 자기 힘은 70퍼센트만 쓰고, 아는 것은 70퍼센트만 말하고, 자기 욕심은 70퍼센트만 구하는 생활을 해보자. 30퍼센트의 비움이 지혜와 행복을 얻는 비결이다.

10분이 주는 자유 ——

10분의 포기가

출근길 전체를 바꾸었다.

몇 년 전, 인천지방법원에 근무할 때였다. 고속도로를 이용하여 자동차로 출퇴근을 하였는데 교통 사정에 따라 운전 시간이 1시간에서 1시간 10분 정도 걸렸다. 이러다 보니 나도 모르게 운전 시간을 1시간 이내로 줄이려고 애를 썼다. 1시간 내에 도착하려면 승부처(?)라고 할 인터체인지와 교차로에서 눈치껏 빠른 차선을 선택하고 신호를 잘 받아야 했다. 그러다 보니 앞차가 좀 느리게 갈라치면 슬그머니 짜증이 일었다. 이처럼 출근길은 긴장의 연속이었고 1시간을 넘긴 날은 하루 출발부터 기분이 좋지 않았다.

이런 식으로 출근한 지 몇 달이 지난 어느 여름날이었다.

남동 인터체인지에서 차들이 꼼짝하지 않았다. 앞쪽에서 충돌 사고가 난 것이었다. 안절부절못하다가 문득 도로 옆 둔덕에 눈길이 닿았다. 그곳에는 여름날 아침답게 무궁화를 비롯하여 이름 모를 노란 꽃이 활짝 피어 있었다. 창문을 내리니 풀 냄새가 싱그럽게 풍겼다. 매일 아침 지나다닌 길이지만 한 번도 그곳에 꽃이 그렇게 많이 피어 있다는 사실을 알아채지 못했다. 산에 다닐 때는 풀과 꽃을 유심히 살펴보는 편이면서도, 정작 매일 보이는 것에는 무심하였다. 오로지 '1시간'에 매여 주변을 살필 여유가 없었던 것이다.

그때 한 가지 의문이 생겼다. 누가 출근 시간을 1시간으로 정해놓은 것일까? 1시간과 1시간 10분 사이에 무슨 차이가 있는가? 10분 더 걸린다고 해서 무슨 큰일이 나는가? 순전히 내 마음이 1시간을 고집했을 뿐이다. '1시간'이 시간 관리의 효율상 심리적인 마지노선이었던 것이다. 10분을 포기하기로 마음먹자 신기하게도 마음이 편해졌다. 그날 이후 1시간을 고수하려는 출근길의 긴장은 사라지고 도로 주변 풀과 나무를 바라보며 즐길 여유가 생겼다. 10분의 포기가 출근길 전체를 바꾼 셈이었다.

내 생활의 다른 부분에서도 동일한 문제가 있음을 알았다.

업무 처리에서 무의식적으로 일정한 가이드라인을 설정함으로써 항상 강박감을 느끼고 있었다. '더 효율적으로' 일을 처리할 수 있지 않을까 계속 긴장하고 불만을 가졌다. 심지어는 인간관계에서도 이러한 강박관념이 있었다. 상대방에게 최대한 좋은 인상을 주고 인정받고자 하는 마음이 앞섰다. '인정 투쟁'이라는 사회학 용어가 있듯이 효율적으로 자기 인정을 받기 위하여 긴장하는 것이다. 이와 같이 현대인들은 모든 일에 최고의 효과를 얻어야 하는 '효율 극대화'라는 강박관념의 포로가 되어 있다.

아프리카에서 선교사 생활을 오래 한 존 테일러John Taylor가 친구 관계에 관하여 아름다운 글을 남겼다. 아프리카인 친구가 그를 찾아오면 방으로 들어와 짧게 인사하고 바닥에 앉는다. 테일러도 몇 마디 말을 건넨 다음 하던 일을 계속한다. 친구는 30분쯤 말없이 앉아 있다가 자리에서 일어나며 이렇게 말하고 밖으로 나간다.

"당신을 충분히 보았어요."

친구는 어떤 정보나 대화도 원하지 않고, 함께 존재함을 나누는 것으로 충분하다는 것이다. 이 넉넉함에는 효율성이라는 개념이 끼어들 여지가 없다. 존재할 줄 모르고 끝없이 무엇인가를 얻으려고 애쓰는 우리의 모습이 딱할 뿐이다.

이와 같이 '존재하기'를 배울 좋은 방법이 없을까? 무슨 일을 할 때 지나치게 긴장이 된다는 느낌이 들면 자신이 무의식적으로라도 목표치를 정해놓고 이를 지키려고 애쓰고 있지 않은지 점검해볼 필요가 있지 않을까? '10분'을 포기하듯이 목표치를 줄이고, 일정 부분을 포기하면 어떨까? 일이건 돈이건 명예건 욕심의 일부분을 줄이는 것이다. 포기하는 '10분'이 우리에게 최소한의 자유를 줄 것이라고 믿는다.

사추기 소묘 ─────

사추기는 각성과 삶의 전환이 이루어지는

성숙의 시기다.

가까운 친구가 최근 극심한 우울증에 걸렸다. 쾌활한 성격에 서울 강남에서 개인 클리닉을 경영하며 부러울 것이 없는 친구인데 가벼운 디스크 증상을 선고받고는 갑자기 무너져 내린 것이다. 난생처음 불면증에 시달리며 지난날을 아쉬워하고, 심지어는 의사가 된 것까지도 후회하는 혼란 상태에 빠졌다고 한다.

심리학에서 이런 현상을 가리켜 '중년의 위기Mid-life crisis'라고 부를 정도로, 이런 증상은 흔하고도 심각하다. 10대의 사춘기에 빗대어 '사추기思秋期'라는 별명까지 붙었다. 늘어가는 흰머리와 육체의 변화, 끝이 보이기 시작하는 사회적 위치, 지난

날에 대한 후회와 앞날에 대한 불안, 지인들의 죽음… 이러한 것들이 중압감과 막연한 두려움을 안겨준다.

　사람들의 반응도 여러 가지다. 속수무책으로 우울증에 빠져드는 사람이 있는가 하면, 아리따운 여성과의 로맨스로 일장춘몽에 잠기는 사람(자신의 노쇠를 거부하고자 하는 무의식적 행위로 우울증의 전형이다.)이 있고, 알코올 의존증이나 도박, 일에 빠져드는 일중독workaholic 등도 있다. 그러나 그 진짜 원인은 한 가지, 자기 정체性identity의 상실이다. 꿈과 현실, 욕구와 환경의 갈등 속에서 '내가 누구인지' 회의가 쌓이다가 드디어 곪아 터지는 것이다.

　따라서 사추기는 모든 사람이 한 번은 겪어야 할 중간 결산기와 같은 것이다. 이 과정에서 낡고 굳어진 삶의 방식을 점검하여 삶의 바탕을 새롭게 한다. 남을 따라서 무심히 살아온 방식을 반성하고 자신만의 고유한 존재성을 회복한다. 자신을 용납하고 이해하면서 처음으로 자신과 화해할 시간을 맞는다. 또 시간과 죽음을 진지하게 생각한다. 사추기는 이러한 각성과 삶의 전환이 이루어지는 성숙의 시기인 셈이다.

　미국 스탠퍼드 연구소는 인간의 심리적 유형을 세 가지로 나누어 정리한다.

- 생계 유지형 : 삶의 목적이 금전적, 사회적인 안정이며, 항상
　　　　　　소유에 집착한다.
- 외부 지향형 : 높은 성취욕을 갖고, 야심적이며, 높은 명예와
　　　　　　지위를 목표로 삼는다.
- 내부 지향형 : 자신의 믿음을 실천하고 개인적인 성숙에 보다
　　　　　　큰 가치를 둔다.

성숙할수록 생계 유지형에서 외부 지향형을 거쳐 내부 지향형으로 옮아간다. 이러한 전환 없이는 인생의 다음 단계로 갈 수 없는 것이다.

인생 이모작이라는 말은 중요한 의미가 있다. 40대까지 거칠지만 힘차게 일모작을 한 다음, 그때까지의 경험을 모아서 이후 제2의 경작을 시작하는 것이다. 중년은 추수를 하고 새로 파종을 하는 시기다. 이 두 번째 경작이야말로 성숙한 정신으로 사는 진짜 삶인지도 모른다. 그래서 이러한 노년을 숙년熟年이라고도 하지 않는가. 이러고 보면 삶에서 위기 아닌 때가 없고 중요하지 않은 때가 없지만 사추기야말로 인생에서 가장 의미심장한 때인 것 같다.

나는 성큼 다가온 사추기를 정면으로 받아들여 알차게 살

려고 마음먹고 있다. 일에 대한 인식을 새롭게 하는 것, 보다 개방적이고 상호의존적interdependent인 인간관계를 갖는 것, 더 깊고 풍성한 신앙생활을 하는 것이 주된 과제다.

사추기가 꼭 나이에 따라서만 구분되는 것은 아닐 것이다. 누구든지 자신의 부족함을 느끼고 마음이 가난해지면 사추기의 은총을 받아 성숙하고 알찬 삶을 사는 행운을 누릴 것이다. 그렇지만 아직까지도 인생이 계속 즐겁기만 한 중년이라면 그는 사추기가 아니라 여전히 사춘기임에 틀림없다.

간절히, 그리고 자유롭게 ———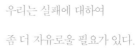

우리는 실패에 대하여

좀 더 자유로울 필요가 있다.

우리나라 프로야구에 명승부가 많이 있었지만, 그중에서도 2009년 한국 시리즈 7차전만큼 극적인 경기는 없었던 것 같다. 기아타이거즈와 SK와이번스가 겨룬 챔피언 결정전은 6차전까지 전적이 3 대 3이었다. 승부는 결국 7차전, 그것도 9회 말에 가서야 나지완 선수의 극적인 홈런 한 방으로 결판이 났다. 서른아홉 살의 노장 이종범 선수를 비롯해 홈런을 친 선수나 홈런을 맞은 투수나, 너 나 할 것 없이 눈물 흘리는 모습이 어떤 드라마보다도 감동적이었다. 이들의 경기를 보면서 평범하고 당연하지만, 중요한 사실 한 가지를 새삼 깨달았다.

우리가 실패에 대하여 좀 더 자유로울 필요가 있다는 점이다. 야구는 성공보다 실패 확률이 훨씬 높다. 안타를 쳐야 점수를 얻는데 타율이 2할 5푼만 되어도 괜찮은 선수요, 3할을 넘으면 뛰어난 선수다. 그런가 하면 4번 타자가 만루에서 삼진으로 맥없이 물러나기도 하고, 전 경기에서 결승타를 쳤던 선수가 중요한 경기에서 병살타로 게임을 망치기도 한다. 이처럼 강타자도 득점 찬스에서 안타를 치기보다는 실패하는 경우가 훨씬 많다. 나지완 선수도 결승 홈런을 치기 전까지는 타율이 1할 8푼에 불과했다. 강타자는 안타를 잘 치는 사람이 아니라, 수많은 범타 가운데 안타 확률이 남보다 약간 높은 사람에 불과하다. 성공보다 실패에 더 익숙한 것이다.

얼마 전 만난 로스쿨 학생들이 생각났다. 지방대학 로스쿨에 다니는 젊은이들이었는데 다들 걱정이 많았다. 대기업을 퇴직하고 입학했다는 사람은 장래가 불투명하여 잘못된 결정을 한 건 아닌지 걱정했다. 다른 학생들도 지방대 출신이라 법조인으로서 실패할까 봐 염려했다. 엘리트라고 할 젊은이 대부분이 장래에 대한 두려움에 사로잡혀 있었다. 이들뿐이겠는가? 우리는 어려운 일을 만나면 마치 '투 아웃, 만루' 상황에서 타석에 들어선 선수와 같은 두려움을 느낀다.

'실패하면 끝장이다. 어떻게 하나?'

야구에서 두 가지 해답을 찾을 수 있다.

첫째, 성공 여부는 타석에서가 아니라 훈련장에서 결정된다는 점이다. 타격 순간 '100분의 1초' 차이로 공의 코스가 달라져서 안타 여부가 판가름 난다고 한다. 또한 어떤 선수에게나 약점이 있다. 타율을 높이기 위해서는 스윙 속도를 높이고 약점을 보완하는 훈련 말고는 방법이 없다. 한두 경기에서는 자신의 능력보다 더 잘하거나 못할 수도 있지만 경기를 여러 번 하면 그 능력대로 결과가 나타난다. 한 번의 실패나 성공에 일희일비할 것이 아니라 길게 보고 자신의 능력을 길러야 한다. 훈련과 노력으로 자신의 기본 능력을 높이는 것이 실패에 대한 두려움을 없애는 유일한 해결책이다.

둘째, 안타를 쳐야 한다는 강박감을 버리고 가벼운 마음으로 행동해야 한다. 꼭 안타를 쳐야 한다고 이를 악물고 긴장하면 몸이 굳어져서 안타를 칠 가능성은 오히려 줄어든다. SK가 5차전에서 져서 최종 패배의 위기에 몰렸을 때 김성근 감독은 선수들에게 이렇게 이야기했다고 한다.

"우리는 지금까지 잘했다. 져도 괜찮으니 편안하고 즐겁게 경기해라."

어쩌면 그래서 SK가 6차전을 이겼는지도 모른다. 경기에서 최선을 다했다면 나머지는 하늘에 맡겨야 한다. 경기 결과는 누구도 예측할 수 없다. SK가 승리할 가능성도 높았지만 결국 기아가 우승컵을 차지했다. 하늘의 행운이 이들을 뒷받침해준 것이다.

우리 삶에는 두 가지 차원, 자신이 노력해야 하는 부분과 하늘에 맡겨야 하는 부분이 있다. 자신이 할 부분에서는 있는 힘을 다하여 노력하고, 하늘에 맡길 부분은 편안한 마음으로 자유로워야 한다. 최선을 다해 노력하지 않는 것도 잘못이지만, 하늘에 맡길 일을 자신이 할 수 있는 양 노심초사하는 것도 잘못이다. 우리는 삶에서 간절히 애쓰는 동시에 부담 없이 자유로워야 한다. 이것이야말로 끝없이 다가오는 실패에 대한 두려움을 넘어서며 사는 길이다.

신학자 라인홀트 니부어Karl Paul Reinhold Niebuhr의 기도는 우리를 이러한 지혜로 이끈다.

제가 변화시킬 수 없는 것을 받아들일 수 있는 평온함을.
변화시킬 수 있는 것을 변화시키기 위한 용기를.
그리고 이 둘을 구별할 수 있는 지혜를 저에게 주십시오.

나의 외로운 취미 ——

나는 내세울 취미가 별로 없다. 원래 성격이 밋밋해서인지 좋아하는 것이 여행, 등산, 영화 보기 정도인데 워낙 흔한 것이라서 취미라고 이름 붙이기가 어려웠다. 그런데 올해 초에 나에게 멋진 취미 한 가지가 있다는 사실을 '발견'했다.

지난 정월 대보름날이었다. 마침 재판 날이어서 재판을 끝내고 배석 판사 세 분과 함께 남한산성으로 향했다. 산성 안에 있는 식당에서 저녁밥을 맛나게 먹은 뒤 산에 올라가자고 하니 세 사람 모두 어리둥절해하는 표정이었다.

"눈 덮인 산을 이 밤에 오르자고요?"

그렇지만 막상 수어장대에 올라 흰 눈이 덮인 산야 위로

휘영청 솟아오른 보름달을 보더니 어린아이들처럼 좋아하였다. 세 사람 모두 설야雪夜의 보름달 흥취에 흠뻑 취한 것 같았다. 보름달을 처음으로 마음먹고 보았다는 것이다. 동행했던 한 판사는 그날 밤 집에 들어가자마자 남편을 끌고 그길로 다시 남한산성으로 돌아왔다나.

그 판사가 나에게 이런 말을 하였다.

"부장님은 정말 멋진 취미를 가지셨네요."

그전에는 보름달 보는 것이 취미라고 생각해본 적이 전혀 없었지만 듣고 보니 이 말이 틀린 게 아니었다. '자기가 여유롭게 즐기고 좋아하는 일'이 취미니까, 이것이야말로 전형적인 취미에 속하는 것 아닌가. 그 말을 들은 후로 나는 '달구경'이 나의 취미라고 당당히 말하기로 하였다.

모든 달이 다 아름답지만, 나는 검푸른 밤하늘에 환하게 떠오르는 보름달 보기를 가장 좋아한다. 보름날이면 혼자 산을 오르기도 하고 전깃불이 없는 호젓한 길을 찾아 걷기도 한다. 그도 저도 안 되면 창가에 앉아 실컷 달빛을 즐긴다. 이런 내 모습에 아내는 보름날만 되면 철없이 안절부절못한다고 핀잔을 준다.

가끔씩은 친구들에게 유혹 반, 협박 반의 설명을 한 후에 보름날 야간 산행을 한다. 영하 15도의 추운 밤에 남덕유산의 송계사까지 논길을 걷던 일, 천황산 계곡에서 밤에 무당을 만나 혼비백산한 일, 축령산 능선에서 달을 보며 노래를 부르던 일은 잊을 수 없다. 그렇지만 나의 이 취미에 대하여 얼마만큼은 외로운 느낌을 갖고 있었다. 한두 번 보름달 산행을 따라왔던 사람들도 더 이상 발전하지 못하고 달빛을 잊어버리는 것 같아서였다.

그런데 얼마 전 매우 고무적인 일이 한 가지 생겼다. 《옛날 사람들은 어떻게 살았을까》라는 책에서 옛날 그림 한 점을 발견한 것이다. 이름 없는 화가가 그린 달맞이 채색화 한 점! 대각선으로 나뉜 화면 왼쪽 아래에 스물댓 명 남짓한 사람들이 언덕에 서 있고, 오른쪽 위에는 너른 들 너머 산 위로 둥근 달이 둥실 떠오른다. 갓 쓴 노인부터 아이들까지 한 동네 남녀노소 모두가 달을 향해 고개를 젖히고 서 있다. 한마음으로 들판 너머 산 위에 솟아오른 보름달을 바라보는 것이다. 언제, 어디의 사람인지는 모르지만 시공을 거슬러 동지를 만난 기쁨을 느꼈다. 이러한 대화도 들려오는 것 같았다.

"여보게, 이번 보름날에는 남산으로 달구경 가세."

"좋지. 작년에 담근 국화주를 들고 가겠네."

교교한 달빛에 잠긴 산하를 바라보면서 벗과 함께 술잔을 나누는 그 멋을 무엇에 비할까.

그러나 요사이는 이 멋진 재미를 잊어버린 것 같다. 어찌하여 달구경이 '희귀한 취미'로 전락하였을까? 이 시대의 특징을 한마디로 집약하자면 '획득'이라는 단어가 적절할 것이다. 돈과 명예, 심지어 쾌락까지도 획득해야 한다. 경쟁하여 획득할 가치가 없는 것, 즉 희소성이 없는 것은 가치를 인정받지 못한다. 달구경이 바로 이것에 해당한다. 보름달은 시간만 있으면 누구나 어디서나 볼 수 있다. 남에게 자랑할 것도, 경쟁할 필요도 없으니 달구경은 별것 아니라는 것이다.

그러나 삶에서 중요한 것들은 결코 희소한 것이 아니다. 유대 철학자 마이모니데스Maimonides가 《길 잃은 자를 위한 지침》에서 했던 말처럼 "진정으로 소중한 것일수록 우리 주변에 가까이 있다."

만족과 기쁨, 사랑과 우정, 가족, 진실은 우리가 진정으로 손을 뻗치면 가까이서 얻을 수 있다. 눈을 씻고 달과 별, 나무와 비, 바람과 구름을 다시 보라. 정말 아름답지 않은가! 소중한 것들을 제대로 보지 않기 때문에 그 가치를 못 보는 것이다.

눈이 팽팽 돌 정도로 빨리 돌아가는 생활 속에서 희소한 것을 '획득'하기 위하여 애쓰기보다는, 정말로 좋아하는 것만을 가까이하며 살고 싶다. 나의 꿈은 넉넉하게 달구경을 할 수 있는 세상을 맞는 것이고, 이를 위하여 달 보기 취미를 더 넓게 퍼트리는 것이다.

오늘은 나, 내일은 너 ——

죽음에 대한 준비가

곧 삶에 대한 준비다.

어느 해는 새해 첫날을 사촌 형 빈소에서 보냈다. 사촌 형은 건강도 좋았고 마침 새로운 사업을 시작해 의욕을 불태우던 때였는데 뜻밖의 사고로 세상을 떠났다. 닷새 전에 다른 친지가 돌아가셔서 역시 이 빈소에 조문을 왔는데, 불과 며칠 뒤 그 자신이 빈소의 주인공이 될 줄이야! 삶과 죽음이 정말 종이 한 장 차이라는 것을 절감했다.

문득 몇 년 전에 처리했던 재판이 생각났다. 50대인 원고는 자기 소유의 빌딩에서 음식점을 하던 피고와 시설비 보상 문제로 소송을 벌였다. 피고에게 약간의 돈만 주면 합의가 될 텐데 그는 인색한 태도로 전혀 양보하지 않았다. 그런데 다음 재판 기일에 나온 변호사의 말을 듣고 깜짝 놀랐다.

"원고가 어젯밤 교통사고로 죽었습니다."

피고를 비롯하여 모두 할 말을 잃었다. '삶이 무엇인가? 어떻게 살아야 할까?'라는 의문이 밀려오며 정신이 번쩍 들었다.

이 세상에서 가장 확실한 것은 사람은 반드시 죽는다는 사실이다. 그러나 우리 대부분은 죽음을 불운한 사람들에게만 찾아오는 것으로 여기고 자신은 별일 없이 오래 살 거라고 착각한다. 가까운 사람의 죽음을 볼 때만 잠시 흠칫할 뿐이다.

현대인의 특징은 죽음을 철저히 외면하며 죽음에 대한 감각을 잃어버렸다는 것이다. 죽음을 삶에 대한 위협, 패배, 상실로 여기며 생각조차 하지 않으려 한다.

그렇지만 어느 시대에나 죽음에 관한 심오한 문화가 있었다. 이집트에서는 연회가 끝날 때 하인들이 해골을 쟁반에 담아 거나하게 취한 사람들 사이를 지나다녔다고 한다. 중세 유럽에서는 죽음을 일생 동안 배우는 예술로 간주하여 '죽음의 예술Ars Moriendi'이라고 부르며 중요시했다. 17세기에 성행한 바니타스Vanitas(허무, 덧없음을 뜻하는 라틴어) 정물화를 보면 꽃, 악기, 술병 등 화려한 물건들 사이에 해골과 모래시계가 함께 놓여 있다. 대성당 등 당시 최고 건축물의 무너진 폐허를 그린 상상화도 인기였다. 귀족들은 이런 그림을 걸어놓고 생명의 짧음과 영화의 허무함을 잊지 않고자 노력한 것이다.

알폰스 데켄 교수는 "죽음에 대한 준비가 곧 삶에 대한 준비"라면서 사생학死生學을 주창했다. 죽음과 삶은 대립되는 것이 아니라 하나를 이루므로 죽음을 삶의 중요한 부분으로 받아들여야 한다는 것이다. 그는 다음과 같은 질문을 던진다.

"만일 당신의 수명이 6개월밖에 남지 않았다면 남은 시간을 어떻게 보내겠는가?"

이에 대한 해답을 찾는 과정에서 많은 사람이 '내 삶의 의미가 무엇인가? 어떻게 살아야 하나?'라는 문제의식에 눈을 뜬다.

애플사 창립자인 스티브 잡스Steve Jobs는 스탠포드대학교 졸업식에서 자신의 체험에서 우러나오는 연설을 하여 우리에게 감동을 주었다.

하루하루를 인생의 마지막 날처럼 산다면, 언젠가는 바른길에 서 있을 것입니다. 또한 인생의 중요한 순간마다 자신이 곧 죽을지도 모른다는 사실을 명심하면 나에게 가장 중요한 것이 무엇인지 알게 되죠. 외부의 기대, 여러 가지 자부심과 자만심, 수치스러움과 실패에 대한 두려움들은 죽음에 직면해서는 모두 떨어져 나가고, 오직 진실로 중요한 것들만 남기 때문입니다.

이처럼 죽음에 대하여 생각할수록 삶의 목적은 명확해지고, 다른 사람의 눈에서 보다 자유로워진다. 자신의 죽음 앞에서는 모든 일이 새롭게 보이고 자신에게 진정 중요한 것이 무엇인지 깨닫는다. 따라서 죽음에 대하여 생각하지 않는 것은 자기 삶의 중요한 부분을 놓치는 것과 같다.

사촌 형 빈소에서 나와 돌아오는 길에 문득 오래전 읽었던 라틴어 경구 하나가 떠올랐다. 유럽의 공동묘지 입구 기둥에 붙여놓는 문구인데, 죽은 자들이 산 자들에게 건네는 말이다.

"오늘은 나, 내일은 너HODIE MIHI CRAS TIBI."

그 순간 사촌 형이 나에게 직접 이 말을 하는 것 같았다. 울적하던 기분이 깨끗해지고, 천천히 밝아지는 느낌이 들었다.

두 종류의 열등감 ─────

플러스 열등감은 날개가 되고,

마이너스 열등감은 무거운 짐이 된다.

정 군에게

　정 군이 보낸 편지를 여러 번 읽었습니다. 학교도, 용모도, 집안도 무엇 하나 내세울 것이 없고, 자신감도 없어서 점점 사람들과 어울리기가 어렵다고요. 자신의 모자란 능력과 환경이 원망스럽기만 하다고 했지요. 정 군의 글을 읽으면서 나의 10대 시절이 생각났습니다. 나 역시 열등감이 가장 큰 고민거리였답니다. 능력이 뛰어나고 훌륭한 친구에게 느끼던 열등감과 부러움이 얼마나 나를 괴롭혔는지 모릅니다. 그래서 이 문제에 대해서는 꼭 해주고 싶은 말이 있네요.

나는 못생겼고, 절도가 없으며, 겸손할 줄 모르고, 참을성이 없으며, 수줍어한다. …… 나는 용감하지 못하며, 생활이 조직적이지 못하다. 나는 게으른데 그것이 거의 구제할 수 없을 정도다.

이 글은 톨스토이가 스물여섯 살 때 쓴 일기의 한 구절입니다. 톨스토이 같은 대사상가도 청년기에 이와 같은 심정에 빠져 있었다는 것이 믿기 어렵지요? 그렇지만 자신에 대한 불만과 열등감은 모든 사람에게 공통적으로 있습니다. 인간은 누구나 예외 없이 열등감을 느낍니다. 자신이 어떤 면에서건 남보다 부족하다고 느낄 때 열등감에 사로잡히는 것입니다. 열등감을 느끼는 자체는 아주 자연스러운 일입니다. 다만 그 후에 자신이 어떻게 반응할 것인지가 문제이지요.

그 반응은 두 가지로 나눌 수 있습니다. 즉, 자신의 부족하고 나쁜 점을 깨닫고 이를 괴로워하면서도 고치려고 애쓰는 사람이 있습니다. 그 결과 자신도 모르게 노력하며 한 걸음 나아갑니다. 열등감이 자기 향상의 첫걸음이 된 셈이지요. 이러한 열등감은 좋은 열등감, '플러스 열등감'입니다.

반대로 어떤 사람은 자신의 부족한 면에 실망하고 노력도 하지 않은 채 못났다고 낙담합니다. 부족한 점을 극복하는 대신 자꾸만 자신을 헐뜯고 어두운 생각으로 힘을 소모합니다. 이것은 나쁜 열등감, '마이너스 열등감'입니다.

　미국에서 대통령 후보로 거론된 적 있는 콜린 파월은 뉴욕 빈민가 출신의 흑인입니다. 공부를 잘하지 못하여 고등학교 때도 성적이 나빠 명문 대학은커녕 시립 대학에 겨우 진학하였습니다. 대학에서도 성적이 신통치 않았고, 어떤 과목은 낙제까지 하였습니다. 그러나 실망하지 않고 자신이 잘할 수 있는 일이 무엇인가 살펴보다가 대학교 내의 군사훈련 코스인 ROTC 활동이 적성에 맞는 것을 발견하였습니다. 여기에서 열심히 한 결과 졸업 후 장교로 임관되었고, 여러 난관을 거친 후 마침내 훌륭한 장군이 되었습니다. 만약 이 사람이 흑인, 낮은 성적, 가난한 집안 사정 등 자신의 열등한 점만 바라보고 살았다면 어떻게 되었을까요? 그는 플러스 열등감을 갖고 있었기에 자신에게 맞는 최선의 길을 찾을 수 있었던 것입니다.

　내 방에는 아름다운 파스텔 풍경화 달력이 걸려 있습니다. 그 그림을 그린 사람은 박우형이라는 분인데, 서른 살에 교통사고로 전신 마비가 되어서 입으로 그림을 그리기 시작했습니다. 이분도 전신 마비의 고통을 겪으며 심각한 열등감을 느꼈겠지만 자신의 부족함을 받아들인 뒤 실제로 할 수 있는 것을 찾았습니다. 운명을 비관하는 대신 몸 전체에서 유일하게 움직일 수 있는 입을 최대한 사용할 생각을 하였던 것입니다.

이러한 플러스 열등감은 몇 가지 점에서 마이너스 열등감과 구별됩니다.

첫째, 자기가 변화시킬 수 없는 것은 그대로 받아들이고 이 문제로 고민하지 않습니다. 주어진 조건과 이미 결정되어 버린 것을 인정합니다. 흑인인 것, 전신 마비가 된 것, 가난한 집에서 태어난 것을 기꺼이 받아들입니다.

둘째, 플러스 열등감을 가진 사람은 자신의 열등한 점을 구체적으로 파악하고 개선할 수 있는 방법을 생각해봅니다. 막연히 자기의 전부가 못났다고 생각하지 않고 '어느 점이 못났는지', ' 고쳐야 할 점이 무엇인지' 정확히 따져보는 것입니다. 그러나 마이너스 열등감을 가진 사람은 이러한 생각을 하는 대신 '나는 별 볼일 없다', '뻔하다'고 자기 전체를 포기해버립니다.

셋째, 플러스 열등감을 가진 사람은 현재 개선 가능한 점에 대하여는 있는 힘을 다해 노력합니다. 이렇게 함으로써 열등감을 이길 수 있기 때문입니다. 하지만 마이너스 열등감을 가진 사람은 게으름을 피우며 모든 것을 자신의 불리한 조건

탓으로 돌립니다. 그리고 일생을 열등감 속에서 살아갑니다.

정 군은 어떠한 열등감을 갖고 있습니까? 이것을 꼭 기억하십시오.

"플러스 열등감은 날개가 되고, 마이너스 열등감은 무거운 짐이 됩니다."

열등감을 느끼는 것은 피할 수 없지만 이를 어떻게 활용할지는 정 군의 선택에 달려 있습니다.

단단한 행복 ———

행복은 행운처럼 손쉽게

얻는 것이 아니다.

얼마 전 늦은 점심을 먹고 사무실로 들어오다가 좁은 골목길
에 사람들이 길게 줄을 서 있는 모습을 보았다. 알고 보니 그
부근에 좌석이 몇 개 안 되는 작은 우동집이 있는데 갑자기 맛
집으로 소문이 나서 사람들이 몰려든다고 했다. 변두리의 허
름한 햄버거 가게가 맛집 프로그램에서 극찬을 받자, 사람들
이 한밤중부터 줄을 서서 햄버거를 사 먹었다는 뉴스도 보았
다. 이처럼 사람들이 맛집에 열광하는 것은 소확행小確幸과 관
련이 있는 듯하다. 소확행은 '작지만, 확실하게, 실현 가능한
행복'을 뜻하는 말인데, 소설가 무라카미 하루키村上春樹가 자
신의 에세이에 "나는 팬티를 대여섯 장씩 사서 착착 개어두는

데서 행복감을 느낀다."라고 하며 '소확행'이라는 말을 쓴 데서 유래했다고 한다.

그런데 나는 이 말에 약간 불편함을 느끼고 있다. 이런 즐거움을 행복으로 여기는 데에 시비를 걸 이유가 없지만, '행복'이란 말이 자칫 오해될 것 같아서다. 사전에 의하면 행복은 "자신이 원하는 욕구가 충족되어 생활에서 만족감과 기쁨을 느끼는 상태"라고 되어 있는데, 여기에는 적어도 두 가지 차원이 있다. 우선 '얇은 차원의 행복'이 있다. '쾌락'은 느낌이 아주 강렬하지만, 감각적인 즐거움이고 지속되는 시간도 짧다. '안락'은 편안하고 좋은 상태지만, 조금만 조건이 바뀌어도 쉽게 깨진다. 소확행도 즐겁기는 하지만, 너무 짧고 그 느낌도 작다. 이런 행복감들은 언제 사라질지 모르는 불안정하고 얇은 것이다.

이에 반하여 '단단한 행복'이 있다. 이는 한번 얻으면 상황이 변하여도 쉽게 없어지지 않는다. 크든 작든 해야 할 일을 제대로 한 뒤에 느끼는 보람이나 뿌듯함이 이에 해당한다. 방 청소같이 작은 일이라도 이를 처리한 후에 느끼는 기분은 소확행과는 확연히 다르다. 책임 맡은 일을 힘겹게 해내고 났을 때 느끼는 기분은 더 말할 나위 없다! 단단한 행복은 시간이 지나면 그 감정 자체는 사라지지만, 무엇인가 마음에 남겨놓는 깊이가 있다.

얇은 행복은 외적인 환경에 따라서 누구나 자연스레 느낄 수 있는 감각적 경험이므로 그 조건이 변하면 사라지는 것이 당연하다. 잠시 즐거움은 줄 수 있지만 그 이상은 아니다. 그 자체로 아무런 힘이 없고 삶의 자원이 되지 못한다. 단단한 행복은 이와 정반대다. 마음으로부터 나오는 경험이어서 외부의 영향을 받지 않는다. 이렇게 누린 행복은 내면에 기억으로 쌓여 삶의 힘이 되고 성장의 자원이 된다. 그런데 이는 마음 준비가 된 사람만이 누릴 수 있고, 준비가 안 된 사람은 아무리 환경이 좋아도 얻기가 어렵다.

단단한 행복을 어떻게 얻을 수 있는지 연구하는 학문이 '행복학'이다. 심리학, 의학, 사회과학 등을 통합하여 연구하는데, 세계 각국에서 이루어진 연구들의 결론은 놀라울 정도로 동일하다. 행복의 비결은 두 가지로 요약할 수 있다.

첫째, 행복은 우연히 얻는 행운이 아니라, 훈련과 습관으로 얻을 수 있는 삶의 태도다. 일주일에 3회, 30분씩 운동하기, TV 시청 시간을 반으로 줄이기, 매일 누군가에게 친절을 베풀기 등 간단한 생활 습관을 바꾸었더니 2개월 만에 많은 사람들이 놀라울 정도로 행복해졌다고 한다. 한 마을 주민 전체를 대상으로 이 실험을 한 영국 BBC 방송은 "행복은 연습할수록 느는 삶의 습관"이라고 결론을 맺었다.

둘째, 행복은 삶에서 만나는 고통을 어떻게 대응하는가에 달려 있다. 행복은 즐거운 것만을 추구할 때 오는 것이 아니라, 오히려 고통스러운 것을 피하지 않고 제대로 받아들일 때 오는 것이다. 리처드 리브스Richard Reeves도 이렇게 말했다.

> 행복한 삶은 지극한 만족감으로 충만한 상태가 아니다. 행복한 삶은 비극, 도전, 불행, 실패, 그리고 후회까지 모두 껴안고 있다. 이러한 상황에 우리가 어떻게 대처하느냐에 따라 불행해질 수도 있고, 행복해질 수도 있다.

결국 행복은 사람의 훈련과 성장의 결과로 자연스럽게 누리는 것이지, 손쉽게 행운처럼 얻을 수 있는 것이 아니라고 하겠다. 소확행도 우리의 삶에 꼭 필요한 것이지만, 한 걸음 더 나아가 단단한 행복을 찾는다면 훨씬 더 기꺼운 삶이 되지 않을까.

완벽한 하루 ———

매일 깨어나며 맞는 평범한 하루가

이처럼 완벽할 수 있다니!

그대가 시한부 생명을 선고받았다고 치자. 그런데 신으로부터 딱 하루 동안 무엇이든지 자유롭게 할 수 있도록 허락받았다면 어떻게 보내겠는가? 사람마다 생각이 다르겠지만, 미국의 한 작은 대학의 사회학 교수였던 모리 슈워츠Morris Schwartz의 대답이 마음에 와닿는다. 실제로 죽음을 앞에 두고 말한 것이기에 더욱 그렇다.

아침에 일어나 우선 아침 운동을 한다. 맛있게 아침 식사를 하고는 평소 즐기는 대로 수영을 한다. 점심 식사는 가까운 친구들과 함께한다. 여러 명과 만나는 것이 아니라 한두 명만 오붓하게 만난다. 각자의 가족들이나 관심 있는 일에 관하여 이야기를 나눈다. 이어서 숲속에서 산책을 하면서 나무도 만져보고 지저귀는 새소리도 듣는다. 저녁때 다시 식사를 맛있게 먹고 춤을 실컷 춘다. 그러고는 깊고 달콤한 잠으로 빠져든다.

자신이 받은 생명 그대로 먹고 즐기고, 가까운 사람들과 이야기를 나누고, 자연 속에서 지내는 것이 '완벽한 날'이라는 것이다. 우리를 이토록 바쁘게 하는 돈이나 경력, 특별한 업적은 도무지 끼어들 자리가 없다. 이것들은 삶의 본질적인 부분이 아니기 때문이다. 시한부 생명이므로 무엇이 진정으로 소중한 것인지 분명해지는 것이다. 삶은 무엇을 이루거나 쟁취해야 하는 것이 아니라, 원래 소박하고 단순한 것이다.

모리는 키가 작고 강의를 열정적으로 하며 일주일에 한 번씩은 젊은이들과 댄스홀에서 춤추기를 즐기던 유쾌한 사람이었다. 그런 그가 77세인 1994년에 루게릭병에 걸렸다. 몸의 근육들이 하반신부터 서서히 굳어져가다가 마침내 호흡을 할 수 없게 되는 불치병이다. 그의 몸은 걷기, 화장실 가기, 음식 먹기, 말하기 순으로 기능이 마비되어갔다. 그런데도 그는 숨을 거둘 때까지 1년간 두 권의 책을 남겼고(《모리와 함께한 화요일》,

《모리의 마지막 수업》) 텔레비전 인터뷰에도 응하여 죽어가는 자신의 모습을 보여줌으로써 사람들에게 죽음의 문제를 정면으로 제기하였다.

이 세상에서 가장 확실한 사실은 누구나 죽는다는 것이다. 그러나 대부분의 사람들이 죽음은 불운한 이들만의 것이라 치부하며 자신은 늘 지금 같은 상태로 살아가리라고 믿는다. 이러한 착각 속에서 우리의 마음은 온통 이기심과 물질과 성공 신화에 사로잡혀 있다. 소박함과 단순함을 잃어버리고 '더 많이, 더 빨리, 더 화려하게'가 목표가 되었다. 어디로, 왜 가는지도 묻지 않은 채 무작정 달린다. 이를 두고 모리는 말한다.

죽는 법을 배우면 사는 법도 배우게 된다. 다들 잠든 채 걸어 다니는 것처럼 산다. 우리는 세상을 충분히 경험하지 못한다. 왜냐하면 해야 한다고 생각되는 일을 기계적으로 하면서 반쯤 졸면서 사니까. 자기가 죽게 되리라는 것을 깨달으면 매사가 아주 다르게 보인다. 죽음에 임박하면 목적이 명확하게 보이기 시작하고 자신에게 중요한 것으로 돌아가게 되기 때문이다.

죽음을 삶 안으로 받아들일 때 역설적이게도 가장 적극적으로 살 수 있다는 것이다.

처음 질문으로 돌아가자. 그대는 어떤 '하루'를 선택하겠는가? 아마도 모리 교수가 한 것과 거의 같은 선택을 하지 않겠는가? 그렇다면 완벽한 하루를 보내는 것은 그리 어려운 일이 아닐 듯하다. 좋아하는 사람들과 만나 함께 놀면서 즐거워하면 되는 것 아닌가?

우리는 매일 깨어나며 맞는 평범한 하루가 이처럼 완벽할 수 있다는 사실을 잊은 채 살고 있지는 않은가? '완벽한 하루'는 무엇을 얻어야 가능한 것이 아니라, 무언가 버려야 가능하다. 몸에 걸친 것 없이 가벼워져야 마음껏 춤을 출 수 있는 것처럼….

안락을 넘어 기쁨으로 ———

기쁨은 정신적 고양을 수반하는

존재의 경험이다.

성 부장님, 그동안 평안하셨나요? 회사가 커져서 힘들다고 했는데 어떠신가요?

언젠가 이런 말씀을 하셨지요? "건강하고, 직장과 가족 모두 안정된 편인데도 행복하지 않고 걱정만 많은 이유를 모르겠다."라고 말입니다. 그때 나 역시 비슷한 고민을 하고 있어서 제대로 대답할 수가 없었어요. 그런데 며칠 전 어느 병원에 걸린 글을 보고 부장님 말이 생각났습니다.

"돈을 잃으면 조금 잃은 것, 명예를 잃으면 많이 잃은 것, 건강을 잃으면 모두 잃은 것."

삶의 조건을 정확히 나타낸 말인 듯싶습니다. 누구나 돈,

명예, 건강만 가지면 어려움 없이 살 수 있습니다. 이와 같이 안전하고, 여유 있고, 편한 상태를 안락이라고 하겠지요. 이를 얻기 위하여 온갖 애를 다 쓰는 것이 우리의 모습이고요. 안락한 삶이 곧 행복한 삶이라고 믿으니까요. 그런데 과연 그럴까요? 부장님 말처럼 안락한데 왜 행복하지 않을까요?

행복의 사전적 의미는 '생활에서 깊은 만족과 기쁨을 느끼는 상태'입니다. 먼저 행복의 요체인 기쁨과 안락을 비교해보는 것이 좋을 듯합니다.

첫째, 안락함은 깨지기 쉽고 언젠가는 반드시 깨집니다. 안락은 삶의 환경과 조건에 달려 있는데 이런 것들은 늘 변화하기 때문이지요. 이런 조건을 유지하기 위해서는 항상 노심초사할 수밖에 없습니다. 낙천적이고 풍요롭게 살던 한 선배는 신부전증이 생기자 갑자기 극심한 우울증에 빠져 고통받고 있습니다. 누구도 피할 수 없는 죽음과 노쇠 자체가 안락의 불안정함을 말해주는 것이지요. 반면에 기쁨은 쉽게 깨지지 않습니다. 기쁨은 외적 조건에 의존하지 않고 내면에서 솟아나기 때문입니다. 그래서 기쁨을 느낄 줄 아는 사람은 불행한 일이 닥쳐도 곧 회복합니다. 이들은 삶의 기초를 환경이 아니라 정신에 두고 삽니다.

둘째, 안락은 편안한 상태일 뿐이고 그 자체에는 힘이 없습니다. 안락의 경험은 삶의 자원이 되지 못하고 그 시간이 지나면 사라지며, 다른 사람에게 아무런 영향도 주지 못합니다. 일시적이고 폐쇄적이지요. 반면 기쁨은 힘이 있고 삶의 자원이 됩니다. 친구와 깊고 진실한 대화를 나눌 때의 기쁨, 다른 이에게 겸손한 마음으로 도움을 주었을 때의 뿌듯함은 그 시간이 지나가도 삶에는 깊이 남습니다. 또한 전염성이 강해서 기쁜 사람 옆에 가면 저절로 기분이 상쾌해지듯 기쁨은 지속적이고 개방적이지요.

셋째, 안락은 환경만 좋다면 누구나 느낄 수 있는 감각적인 경험입니다. 노력과 훈련이 필요 없습니다. 그러나 기쁨은 가치에 대한 믿음과 훈련으로 얻어지는 깊은 경험입니다. 기쁨은 지속되는 상태가 아니라 슬픔과 실패, 고통, 인생의 온갖 비극까지도 포용하면서 삶 자체를 수용하는 것입니다. 존재의 중심과 연결되어 '기가 뿜어져' 나오는 것이며, 이를 '존재의 빛'이라고 부르지요.

이처럼 안락과 기쁨은 본질적으로 다릅니다. 기쁨은 정신적 고양高揚을 수반하는 존재의 경험이지만, 안락은 내면적 힘이 없는 감각적 경험입니다. '설악산에 다녀왔다'고 하더라도 편안하게 호텔에 머물다 온 사람과 땀 흘리며 대청봉을 등반한 사람의 경험이 같을 수 없겠지요. 사람은 안락만으로 결코 행복할 수 없는 존재입니다. 안락을 넘어서는 무언가를 찾아야 기쁨을 얻을 수 있습니다.

인생의 비극적인 실수는 '가치가 높은 것'으로 채워야 할 소중한 부분을 '가치가 낮은 것'으로 채우고 만족하는 데 있습니다. 기쁨으로 충만한 삶 대신 안락한 삶이 행복의 전부라고 믿고 산다면 삶을 얼마나 낭비하는 것일까요?

안락함을 넘어서 기쁨을 찾은 한 여성이 쓴 글로 편지를 맺겠습니다. 그녀가 암과 투병하면서 죽기 직전에 남긴 글입니다.

나의 인생은 안락했다. 다른 사람의 시기를 받을 만했다. 그러나 나는 사람을 사랑하지 않았다. 마음속에 항상 허무한 바람이 불었고, 그것을 숨기려고 더 오만해졌다. 결코 안정을 얻지 못했고, 행복하지 않았다. …… 나에게 병이란 무엇인가? 병이 내게서 빼앗은 것은 우리 가족의 작은 즐거움이었다. 생각해보니 즐거움이라고도 말할 수 없는 기분 전환에 지나지 않는 것이었다. 병이 나에게 준 것은 정말 큰 것이었다. 나는 슬픔을 알았고, 기쁨도 알았다. 사랑을 알고 신을 알았다. 쓸모없는 나의 초라한 삶에 신이 들어오셨다. 이 얼마나 큰 기쁨인가! 행복의 법칙은 단순하다. 타인의 행복을 위해 노력할수록 우리 내면에 자신감 과 힘이 생기고 마음의 평화와 행복감이 커진다.

나는 바보야 ———

2009년 2월 김수환 추기경이 돌아가셨을 때, 그가 그린 그림 한 점이 화제가 되었다. 돌아가시기 1년 반 전, 모교인 동성고등학교의 100주년 기념 전시회에 낸 자화상인데 제목이 〈바보야〉였다. 파스텔로 얼굴 윤곽만 그린 단순한 그림이지만, 볼수록 그윽하고 편안한 느낌이 들었다. 문득 '제목을 왜 하필 〈바보야〉라고 붙였을까? 그냥 자화상이라고 해도 좋았을 텐데.' 하는 의문이 들었다. 그리고 그의 말에서 해답을 얻었다.

"내가 잘났으면 무에 그리 크게 잘났겠어요. 다 같은 인간인데. 안다고 나대고, 어디 가서 대접받길 바라는 게 바보지. 그러니 내가 제일 바보처럼 살았는지도 몰라요."

그는 40년 전 추기경으로 임명되었을 때도 비슷한 말을 했다. 당시 그의 취임을 축하하는 성대한 모임이 열렸고, 여러 사람이 그를 열렬히 칭송하는 축사를 했다. 그런데 마지막으로 입을 연 그의 말은 천만뜻밖이었다.

"여러분이 지금 나를 칭찬해주셨지만 나는 잘못이 많은 사람입니다. 겉모습은 깨끗한 듯하지만 속은 그렇지 않습니다. 지금 내 속에 있는 것들이 밖으로 드러난다면 여러분은 당장 이 자리에서 나를 쫓아낼 것입니다."

아무리 깨끗하고 잘나 보이는 사람일지라도 한 꺼풀 벗기면 어두운 부분이 있음을 고백한 것이다. 누구도 탐욕과 이기심, 거짓됨, 어리석음을 피할 수 없다. 인간은 누구나 부족하고 연약하다. 자라온 환경에 따라 사회적으로 상당한 차이가 나지만, 본질적으로 인간은 누구나 어리석음을 껴안고 살아야 하는 '바보'인 것이다.

그러나 현대인은 이 사실을 받아들이기는커녕 바보라는 말 자체를 금기시한다. 대학 동창 모임에서 겪은 일이다. 변호사로 크게 성공한 친구가 술에 대취하자 "날 우습게 보지 마. 나 괜찮은 사람이야."라는 말을 몇 번이고 되풀이했다. 처음에는 웃어넘겼지만 같은 말이 오래 계속되자 처연한 느낌마저 들었다. 유능하고 당차 보이는 사람인데도 속에 그렇게 큰 불안감을 갖고 있었던 것이다.

사람들은 '나를 인정해줘! 나를 높이 평가해줘! 나는 바보가 아니야!'라고 소리 없는 절규를 한다. 남이 자기를 얼마나 인정해줄까 끊임없이 불안하게 자신을 살피면서 삶을 소모한다. 자의식에 연연해하며 완벽한 사람인 양 가면을 쓰고 산다.

바보가 된다는 것은 자신이 부족하고 어리석은 존재임을 받아들이고 생긴 대로, 모자란 대로, 형편대로 살겠다고 마음먹는 것이다. 잘난 체하려고 안간힘을 쓰거나 완벽한 체하는 가면을 벗고 맨 얼굴로 사는 것이다. 이렇게 자신을 있는 그대로 받아들이면 삶이 자유롭고 편해진다. 과민한 자의식이 치료되고, 자신의 결점에 대해 너그러워지기 때문이다. 이미 자신이 부족한 것을 아니까 자기에 대한 평가에도 민감하지 않고 어떤 비난에도 염려하지 않는다. 자신을 방어할 필요가 없고, 남이 무시해도 크게 상처받지 않는다.

넘어진 사람은 넘어질 것을 두려워할 필요가 없는 법이다. 차츰 남에게 관심이 생기고 그들의 사정이 눈에 들어온다. 바보가 됨으로써 날개가 생기고 자유를 얻으며, 세상이 풍요로워진다. 말년의 김수환 추기경이 도달한 궁극의 인간상이 바로 이와 같이 자유로운 '바보'였던 것은 아닐까.

나는 《보경삼매寶鏡三昧》에 나오는 구절을 가슴에 간직하고 있다.

몰래 행하고 은밀히 사용하는 것이 마치 어리석고 둔한 자의 행동 같다. (潛行密用 如愚如魯)

'우愚'와 '노魯'는 어리석음과 둔함을 뜻한다. 즉, 바보같이 살라는 말이다. 남의 눈에 띄지 않게 은밀히 행동하고, 우직하게 살아야 자신을 온전히 지킬 수 있다는 지혜를 전해준다. 진정한 어리석음이야말로 가장 큰 지혜다. '어리석음을 지킨다守愚'라는 말을 평생 좌우명으로 삼은 사람도 보았다.

강하고 똑똑한 태도에는 차가운 날카로움과 사람을 찌르는 아픔이 있다. 그러나 바보가 되면 따스하고 부드러운 사람이 된다. 눈을 감고 천천히 "나는 바보야."와 "나는 똑똑해."를 반복해 말해보라. 두 말의 느낌이 완전히 다르지 않은가? 그 차이를 느끼고 선택하는 것이야말로 삶의 비밀이 아닐까 한다.

관계 ─── 나를 넘어서, 마음을 다하여

행복의 법칙은 단순하다.
타인의 행복을 위해 노력할수록
우리 내면에 자신감과 힘이 생기고
마음의 평화와 행복감이 커진다.

우리는 얼마나 자주 안아주는가 ———

누군가를 안아주는 것은 그를 있는 그대로
받아주고, 함께 견디고, 삶을 나눈다는
깊은 몸짓이리라.

오래전, 작은 딸아이가 병원에서 태어나던 날의 일이다. 아내가 있는 방으로 올라가려고 1층에서 엘리베이터를 탔는데, 그 속에 어떤 부녀가 타고 있었다. 아버지는 한눈에 보아도 병색이 완연한 작은 체구의 노인이었는데, 막내딸 정도로 보이는 30대 여성이 뒤에서 그를 꼭 껴안고 있었다. 그녀는 환자복을 입은 아버지의 상체를 양팔로 껴안고 머리를 그에게 기대고 있었다. 아버지가 워낙 쇠약해서 그러는 것 같았는데, 그 모습에서 무어라고 말할 수 없는 간절함과 슬픔, 단호함까지 느껴졌다. 마치 "아빠를 위해서 무엇이라도 할 거예요! 끝까지 함께 있을 거예요!"라고 말하는 것 같았다.

아내가 큰 고생을 한 끝에 새 생명이 태어난 때여서 내가 더 예민했던 것일까? 몇십 초도 안 되는 짧은 시간이었지만, 그 부녀의 모습은 내 속에 강렬한 인상으로 남아 있었다. 그 후 아이들을 안아줄 때 종종 그 모습이 떠올랐고, 사랑하는 이를 껴안는 것이 얼마나 굉장한 것인지 느끼곤 했다. 그 부녀의 모습이 우리 가족에게 소중한 표상이 된 셈이다. 가족은 '이렇게 깊은 것'이라고, '함께 견디고 바라는 것'이라고.

얼마 전 책 한 권을 읽으면서 앞의 부녀의 모습이 다시 떠올랐다. J. D. 밴스J. D. Vance라는 미국의 변호사가 자전적인 이야기를 쓴 《힐빌리의 노래Hillbilly Elegy》가 그것이다. 약물 중독에 빠진 어머니, 가족을 버리고 떠난 아버지, 대학교에 가는 사람이 거의 없을 정도로 가난한 동네가 그가 자라난 환경이었다. 어머니는 결혼을 다섯 번이나 할 정도로 남자관계가 복잡했고, 밴스는 어머니의 남자가 바뀔 때마다 집을 옮겨야 했다. 어머니가 약물에 취하여 행패를 부리기도 하였고, 어린 밴스를 폭행하여 가정폭력범으로 재판도 받았다. 그는 학교를 자주 결석하고 성적이 나쁜 열등생이었다.

이처럼 그의 어린 시절은 불안과 수치심으로 가득 차 있었다. 그러다 그가 대마초에 손을 댔다는 사실을 알게 된 외할머니가 어머니에게서 그를 데려와 같이 살면서 변화가 시작되었다. 외할머니는 고등학교도 나오지 않았고, 욕을 잘하는 거친 사람이었지만 "인생을 만만하게 산다는 것은 신이 허락한 재능을 낭비하는 것"이라고 믿는 내면이 굳건한 사람이었다. 3년 동안 할머니와 지내면서 할머니의 굳은 심지와 속 깊은 사랑을 느낀 그는 우등생으로 고등학교를 졸업하였다. 하지만 대학에 진학할 돈이 없어서 해병대에 지원하여 이라크 파병 생활을 거치고, 제대군인 혜택을 받아 주립대학에 진학하였으며, 각고의 노력 끝에 마침내 명문 로스쿨까지 마쳤다.

이 책은 한 사람의 단순한 성공담에 그치는 것이 아니다. 최악의 심리적, 사회적 환경이 어떻게 생겨나고, 또한 이에 대처하여 어떻게 극복하였는지를 세밀하게 그리고 있다. 그는 자신이 바로 설 수 있었던 근본적인 계기는 할머니가 옆에 있었던 것이라고 고백한다. 자신감이 없고 매사를 두려워하는 그에게 할머니는 "뭐든지 할 수 있다. 절대 자기 앞길만 막혀 있다고 생각하는 빌어먹을 낙오자처럼 살지 마라."라고 통렬하게 꾸짖었다. 그는 이렇게 마음먹고 학업과 군 복무를 꾸준히 해나갔다. 힘들어 쓰러질 때마다 다시 일어나면서 차츰 자신에게 자기 삶을 주도할 힘이 있음을 확신하였고, '사회와 다

른 사람을 비난하며 노력하지 않는 게으름'이야말로 삶을 좌
절시키는 원인이라는 것을 알게 되었다.

> 할머니가 지켜준 덕분에 우리 동네에서 일어나는 최악의 환경
> 속에 갇히지 않을 수 있었다. 그 덕분에 내가 여기까지 올 수 있
> 었으리라. 내게는 필요할 때면 언제든지 갈 수 있는 안전한 공간
> 과 언제라도 안길 수 있는 다정한 품이 있었다.

그의 이야기를 읽으면서 엘리베이터에서 본 부녀의 모습
이 떠오른 까닭은 무엇일까? 생명이 꺼져가는 아버지를 안아
주던 딸의 간절함과 불안에 떠는 소년을 무조건 안아주던 할
머니의 따뜻함이 근원적으로 같은 것 아닐까. 누군가를 안아
주는 것은 그를 있는 그대로 받아주고, 함께 견디고, 삶을 나눈
다는 깊은 몸짓이리라. 진정으로 안아줄 때 서로 변하기 시작
한다. 안아주기는 신비한 하늘의 춤인지도 모르겠다. 우리는
사랑하는 이를 얼마나 자주 안아주는가.

12인의 성난 사람들 ─────

최고의 책임감과 관용. 숨겨진 분노.

경박함… 나는 어디에 있나?

뉴욕 법원의 배심원실에 12명의 남자가 들어섰다. 재판심리
가 끝나 유무죄 배심 평결을 하기 위해서였다. 빈민가에 사는
18세 소년이 아버지를 살해한 사건이었는데, 이는 1급 살인이
어서 유죄 평결이 날 경우 사형 판결이 선고될 것이 명백했다.

배심원들은 6일 동안 진행된 재판에 지친 데다 더위마저
심해 짜증이 나 있었다. 몇몇 배심원들은 유죄가 명백하므로
빨리 평결을 끝내자고 노골적으로 말했다. 이 사건에는 유죄
로 보이는 명백한 증거가 있었다. 범행 장면을 직접 보았다는
여인과 범행 직후 소년이 도망가는 것을 목격했다는 노인의
증언이었다.

즉시 평결 투표를 했는데, 예상 밖으로 무죄 의견이 한 표 나왔다. 조용한 모습의 한 배심원이 위 증언에 의심스러운 점이 있다며 의견을 굽히지 않자 가만히 듣고 있던 한 노인 역시 그의 편에 섰다. 한 사람이 진지하게 고민하는 이상, 그의 의견을 충분히 들어볼 필요가 있다는 것이다. 막상 논의가 시작되자 토론이 격렬해지면서 배심원들이 한 사람씩 입장을 바꾸기 시작했다. 노인의 집 구조나 여인의 시력에 비추어 볼 때 그들이 범인을 잘못 보았을 가능성이 있음이 드러났다. 결국 두 증언이 모두 의심스럽다는 이유로 처음과 반대로 무죄 평결에 도달했다.

이상은 법정 영화의 최고작으로 꼽히는 〈12인의 성난 사람들12 Angry Men〉의 줄거리다. 며칠 전 우연히 이 영화를 다시 보았다. 고등학교 때 텔레비전에서 처음 보고 감동하여 밤에 마당을 빙빙 돌면서 법률가가 되기로 마음먹던 일이 생각났다. 37년 만에 다시 본 셈인데, 이번에도 역시 깊은 감동을 받았다. 다만 그 감동의 내용이 달라졌다. 이전에는 증거에 관한 논리 전개와 토론의 묘미에 빠졌는데, 이번에는 그 과정에서 드러나는 배심원들의 인간적인 품성과 태도에 더 마음이 갔다.

이 영화는 다른 사람의 운명을 앞에 놓고 사람에 따라 이에 임하는 태도가 완전히 다른 것을 그대로 보여준다. 인간성의 약점과 선한 점이 극적으로 대비되는 데 영화의 묘미가 있다.

처음부터 무조건 유죄를 주장한 배심원들은 인간의 전형적인 약점 몇 가지를 보여준다. 편견에 사로잡힌 사람은 소년에게 범죄 경력이 많다는 이유만으로 그를 범인으로 단정한다. '상습범은 거짓말쟁이고 쓰레기다.'라는 편견을 갖고 있어서 증거의 의심스러운 점을 인정하지 않는다. 자신의 심리적 충동에 철저히 지배당하는 사람도 있다. 소년을 사형시켜야 한다고 강한 증오심을 보인 한 배심원은 결국 가출한 아들에 대한 분노가 소년에게 투사된 것임이 드러난다. 숨겨진 분노가 판단력을 마비시킨 것이다.

야구 경기 시간에 늦을까 봐 대충 유죄로 평결하자고 재촉하는 야구광. 그에게는 한 생명에 대한 책임감이 전혀 없다. 다른 배심원으로부터 "생명을 야구처럼 갖고 놀 거요?"라는 질책을 받고서야 그는 잠잠해진다. 아주 경박한 사람도 있는데, 그는 스스로 생각하지 않고 남의 의견만 좇으며 유무죄 사이를 갈팡질팡한다.

반면에 홀로 무죄를 주장한 사람과 그를 처음 지지했던 노인은 최고의 책임감과 관용의 지혜를 보여준다. 나머지 사람들도 소수자의 의견을 경청하고 이해하며 공정하게 판단하려 애쓴다. 날카로운 논리로 끝까지 유죄를 주장하던 한 배심원도 누군가 자신의 주장의 모순점을 지적하자 그 순간 흔쾌히 의견을 바꾼다. 이렇듯 최선을 다해 공정하려고 노력하는 사람과 그렇지 않은 사람 사이에는 정말 큰 차이가 있다.

그런데 이러한 모습은 배심재판에만 한정된 것이 아니다. 가정, 학교, 직장 등 모든 인간관계에서도 똑같은 현상을 볼 수 있다. 일방적으로 판단하고 자기만 옳다면서 남을 비난하는 사람들은 불필요한 갈등을 일으키고 분쟁을 악화시킨다. 재판하면서 이런 사람을 많이 보는데, 이들은 자신이 어떤 문제를 갖고 있는지, 다른 사람에게 얼마나 큰 피해를 주는지 알지 못한다.

결국 〈12인의 성난 사람들〉은 함께 살아가는 우리들의 모습이며 우리 자신은 그중 어느 한 사람에 가까운 존재일 것이다. 내 안에 타인에 대한 편견, 분노, 무책임, 경박함이 없는지, 또 지혜와 관용, 공정함의 덕목이 있는지 정직하게 살펴보아야 할 것이다. 나의 품성 하나가 자신과 타인의 삶에 어떤 영향을 미치고 있을지 모르기 때문이다.

무엇인가 들려오고 있다 ─────

> 과거와 현재, 미래의 우리 모두에게
>
> 무엇인가 들려오고 있다.

얼마 전 헌책방에 들렀다가 보물 같은 책을 구했다. 장이욱張利郁 수상집 《무엇인가 들려오고 있다》가 그것이다. 장이욱 선생은 1895년생으로 도산 안창호에게 감화를 받아 홍사단 활동을 하였고, 일제강점기 때 신사참배 거부로 옥고를 치렀으며, 서울대학교 총장, 주미대사를 지낸 분이다. 독재정권 시절에는 불의에 항거하며 흔들림 없이 꼿꼿한 자세를 유지하여 널리 존경받던 어른이다.

나는 대학교 4학년 때 힘든 일을 겪으면서 그의 글을 처음 읽었다. 아버지가 동업자의 거짓말에 넘어가 사업에 실패하여 구속되었고, 틈틈이 아버지를 돕던 나까지 상대방의 무고에

의하여 지명수배되어 피신해야 했다. 당시에 결핵 3기여서 끼니때마다 알약을 한 주먹씩 먹었고, 모든 것이 절망적인 상황이었다.

그때 내가 숨어 지내던 집의 방 한쪽에 월간지인 《샘터》가 쌓여 있었다. 아마 집주인이 정기구독을 하였던 모양인데, 그 책에 매달 장 선생의 칼럼이 실렸던 것이다. 짧은 글인데도 힘이 있고 짱짱한 기개가 넘쳐서 같은 글을 여러 차례 읽곤 하였다. 글의 내용을 생각하며 좁은 마당을 빙빙 돌면서 불안감을 달래던 기억이 생생하다. 이 어른을 직접 뵙고 가르침을 받으면 좋겠다는 생각에 잡지사에 주소를 물어볼까 생각하기도 하였다.

45년 만에 바로 그 글을 모은 책을 만났으니 어찌 감격하지 않겠는가! 이 책은 그가 《샘터》 창간호부터 100호를 넘을 때까지 쓴 글을 모은 것인데, 발간일이 1979년 1월이고, 값은 1,500원으로 되어 있다.

책의 첫 페이지부터 단숨에 읽었다. 전에 읽었을 텐데 내용이 전혀 기억나지 않았다. 자연, 사회, 공직, 노쇠함 등 삶의 여러 문제를 다루는데 지혜가 넘치고 깊이가 있어서 또다시 감동을 받았다. 따져보니 이 글들은 그가 75세 때부터 83세까지 쓴 것인데, 자신의 삶을 이렇게 정리하고 있다.

나는 이때까지 80 나이를 살아오는 동안, 무엇 하나 이렇다고 내세울 만한 업적을 남긴 것이 없고, 뚜렷하게 드러나는 사회봉사를 한 적도 없다. 다만 그때그때 주어진 책무를 수행하면서 오직 사심 없기를 힘쓰고, 내 상식과 능력과 성의를 다했을 뿐이라고 조심스럽게 말할 수 있을 정도다.

그는 자신의 삶을 아주 평범한 것처럼 말하지만, 독재정권 시절 해직 교수였던 경제학자 변형윤이 "어려운 시절에 장 선생의 글을 읽고 그의 삶을 생각하며 용기를 얻었다."라고 회고할 정도로 사람들에게 큰 영향을 미쳤다. 그는 그 무렵에 도심에서 수유리로 이사를 하였는데, 근처에 있는 4·19 학생묘지와 이준 열사 묘역을 산책하면서 이렇게 쓰고 있다.

이 고요한 숲속에서 무슨 말소리라도 들려오는 것 같다. 우리의 선열, 젊은 사자 떼가 여기에 고이 잠들어 있다. 그들의 긴 잠을 혹시라도 깨울세라 주위는 그냥 고요하기만 하다. …… 마음의 귀를 기울이고 있노라면 쓸쓸하게까지 조용한 이 주변에서는 무엇인가 들려오는 소리가 있다. 그들이 살고 간 그 생 자체가 바로 이 메시지의 전부인 것이다.

가장 재미있게 읽은 것은 북한산 백운대에 관하여 쓴 몇 편의 글이다. 장 선생은 수유리 집에서 늘 백운대를 바라보면서 "이처럼 당당하게 또 도도하게 살아야 하겠다."라고 다짐하였다. 우연의 일치일까? 나도 얼마 전 도심을 떠나 은평구 진관사 근처로 이사하여 매일 백운대를 바라보며 살고 있다. 백운대를 볼 때마다 수직으로 치솟은 백색 암봉의 장엄하고 고고한 모습에 무엇이라고 표현하기 어려운 감동을 받는다. 백운대를 쓴 그의 글에 완전히 공감하고 있다. 공교롭게도 장 선생은 북한산의 동쪽에서, 나는 서쪽에서 백운대를 바라보고 있는 셈이지만.

그의 글을 읽고 용기를 얻던 스물한 살의 소심한 청년이 45년이 지나서 백운대를 바라보며 똑같이 느끼고, 또한 같은 방식으로 삶에 관한 글을 쓰고 있다니! 그가 가고 내가 왔고, 또 내가 가면 다음 사람이 올 것 아닌가. 백운대는 변함없이 그 자리에 우뚝 서 있을 것이다. 과거와 현재, 미래의 우리 모두에게 무엇인가 들려오고 있다. 장 선생의 뜻 같은 '큰 정신'이 소리 없는 소리 속에서 이어지고 있는 것이다.

누구를 향한 분노인가 ──

분노는 부딪치는 상대방과의 문제가 아니라,

불덩어리처럼 이글거리는 자기 마음의 문제다.

어느 토요일 아침, 옷을 잘 차려입은 중년 여성이 양장점 앞에서 셔터 문을 올리고 있었다. 그러다 느닷없이 큰 소리로 욕을 하면서 문 앞에 놓인 주스 병을 발로 걷어찼다. 아마도 점포 문을 열다가 누군가 버리고 간 주스 병을 보고 화가 폭발한 듯했다. 화가 보통 난 것이 아니었다. 화사하게 화장을 한 그녀의 얼굴은 섬뜩할 만큼 분노로 일그러졌다.

지하철에서도 비슷한 일이 있었다. 승객이 많지 않은 한산한 시간이었는데 갑자기 큰 소리가 들렸다. 노약자석에 앉은 청년에게 한 노인이 마구 욕설을 퍼붓고 있었다. 청년은 빈자리가 많아 별생각 없이 노약자석에 앉은 것 같은데, 노인은 '젊은 놈'이 노약자석에 앉았다고 펄펄 뛰었다. 청년이 내린 뒤에도 노인은 벌건 얼굴로 욕설을 계속하며 분을 참지 못하였다.

위의 두 사람 모두 그 순간에 기분이 나쁠 수는 있었겠지만, 그 정도로 격분하는 것은 병적인 반응에 가깝다. 우리 사회에 이처럼 폭발 직전의 분노를 가슴에 품고 사는 사람이 너무 많아졌다. 재판을 하면서도 극단적인 결과를 여러 번 보았다. 고등학생이 아버지에게 매를 맞은 뒤, 홧김에 흉기를 들고 집을 뛰쳐나와 골목길에서 처음 만난 행인을 이유 없이 찌른 사건, 주차 문제로 이웃과 말다툼하다가 격분하여 삽을 휘두른 사건 등 대부분이 주체하지 못한 분노 때문에 일어난다.

조그만 분쟁이 생겨도 참지 못하고 고소와 맞고소, 형사재판, 민사재판으로 이어지는 경우도 많다. 그 과정에서 분노의 파괴력은 점점 커져서 정상적인 생활을 하지 못하게 만든다. 왜 이런 일이 생길까? 마음에 가득 차 있던 분노의 덩어리가 어느 순간 방아쇠가 당겨지듯 폭발한 것이라고 볼 수밖에 없다. 분노는 부딪치는 상대방과의 문제가 아니라, 불덩어리처럼 이글거리는 자기 마음의 문제다. 자기를 알아주는 사람이 없어서 외롭고, 열등감이나 억압된 감정으로 자신을 용납하지 못하는 상태가 계속되면 화가 쌓인다. 자기를 받아들이지 못하면 자신을 미워하게 되고, 이러한 미움이 자신에 대한 분노로 바뀐다. 우연한 기회에 자신에 대한 분노가 타인에게 투사되어 폭발하는 것이다.

타인에게 항상 상처를 주거나 타인을 가혹하게 대하는 사람은 대개 자신과 좋은 관계를 맺지 못하는 사람이다. 스스로 자신을 거부하기 때문에 남에게도 같은 태도를 취하여 쉽게 분노하는 것이다.

반면 타인을 따뜻하게 대하고 배려하는 사람이 있다. 화를 낼 만한 일이 생겨도 섣불리 화를 내지 않고 침착하게 대응한다. 이들은 자신을 용납하며, 긍정하고 사랑해서 자신과 잘 지내는 사람이다. 인간성의 어두운 심연深淵을 대면할 줄 아는 사람은 자신의 부족함을 인정하면서도 자신을 용납하고 보살필 줄 안다.

이처럼 누구나 자신에게 하듯 다른 사람을 대하는 법이다. 본질적으로 타인을 향한 분노는 자기에 대한 분노이며, 타인을 향한 친절도 자신에 대한 친절이다. 자신을 받아들이는 사람만이 타인을 받아들일 수 있다. 이러고 보면 타인은 '또 다른 나'인 셈이다.

이러한 원리가 가장 적나라하게 드러나는 곳이 인터넷이

다. 재미 삼아 글을 올린다고 하지만 그 글로 큰 상처를 받는 사람이 있다. 익명의 보장 아래 지저분하고 거친 표현, 확인되지 않은 거짓 소문, 증오에 가까운 악의로 가득 찬 글이 넘쳐난다. 이런 글을 쓰는 사람은 한 번쯤 자기 마음 상태를 살펴봐야 한다. 자신을 존중하는 사람은 그러한 글을 쓰지 않는다. 자신을 하찮게 여기는 사람만이 하찮은 글을 쓰는 법이다. 그러니 그는 자기 자신이 그런 사람이라고 고백하는 셈이다.

누군가를 향해 격렬한 분노가 일어날 때는 화를 내기 전에 조용히 살펴보자. 과연 누구를 향한 분노인가? 대부분이 자신의 마음에서 비롯되었으며 그 분노가 자신을 향해 있음을 발견할 것이다. 우리에게는 분노를 내려놓는 지혜와 침착함이 필요하다.

신부님의 우산 ────

이상을 꼭 붙잡고 서되

현실 위에 굳게 발을 디뎌야 한다.

단독판사 시절, 서울가정법원에서 소년재판을 맡았을 때 일이다. 비가 내리는 어느 날 오후, 한 청소년 복지관을 방문하였다. 청소년 복지관은 가정법원에서 직업교육이나 인성 훈련을 위해 비행청소년을 위탁 수용하는 시설인데, 그곳의 상태가 어떤지 알아보기 위해서였다.

나를 맞아준 복지관 관장은 뜻밖에도 50대 중반의 서양인으로 한국말을 유창하게 하는 신부였다. 한국에서 몇십 년 동안 청소년 관련 일을 주로 해왔다는 그는, 그곳 청소년들에게 기울이는 애정과 관심이 대단했다.

"아이들이 불량스러운 것 같지만 실은 다 착하고 순수한 성품을 가졌어요. 전적으로 믿어줄 때에야 비로소 아이들의 자의식이 성숙하고 행동이 바뀝니다."

그의 말에서 무엇에도 흔들리지 않을 확신이 느껴졌다. 그의 열의에 감동받아 꽤 긴 시간 동안 청소년 문제에 관해 이야기를 나누었다. 그러고는 직업훈련 시설과 기숙사를 둘러보기로 했다.

방을 나서려다 내가 들고 갔던 우산을 그 방에 놓아두려 하자, 신부님이 "우산을 여기 두면 아이들이 훔쳐가요."라고 했다. 나는 어안이 벙벙해졌다. 방금 아이들을 완전히 믿어야 한다고 역설했던 사람이 그런 말을 하다니! 어리둥절해하는 나에게 신부님은 당연하다는 듯 말했다.

"우산이 없는 아이들이 이걸 보면 훔치고 싶지 않겠습니까? 그래서 나는 중요한 물건은 벽장에 넣고 자물쇠로 단단히 잠급니다."

마치 청소년들이 우산을 훔치는 행위가 자연스럽다는 태도였다. 이때 나는 전율과 같은 깨달음 하나를 얻었다.

'아하, 청소년 문제가 이런 것이구나. 사람을 변화시킨다는 것이, 인간을 보는 법이 이런 것이구나!'

신부님은 그곳 청소년에 대해 누구보다도 깊은 기대와 확신을 갖고 있으면서도, 동시에 그들의 한계와 약점을 정확히 꿰뚫어 보았던 것이다. 그들이 올바르게 성장하리라 믿으면서도, 그들에게 우산을 훔치려는 충동이 있다는 것 또한 이해한 것이다.

소년재판이나 갱생보호 업무를 하는 이들 가운데에는 비현실적인 기대를 갖고 자기도취에 빠지는 사람이 있다. 그런가 하면 반대로 교화敎化는 거의 이루어질 수 없다고 확신하는 냉소적인 사람들도 있다. 어느 쪽도 올바른 자세가 아닐 것이다. 반면 그 신부님은 이상과 현실의 어느 한쪽에도 치우치지 않고 따뜻한 마음으로 균형 감각을 갖고 청소년들을 대했다. 신부님의 모습에서 이러한 균형감만이 진정으로 사람을 변화시킬 수 있는 힘이라는 것을 깨달았다.

이러한 태도는 비단 비행청소년 문제나 재판에만 국한된 것이 아닐 것이다. 우리 인생에서도 마찬가지다. 삶에서 꿈을 잃어버리면 메마른 삶을 살 수밖에 없을 것이요, 현실을 바로 보지 못하면 환상 속에 사는 쓸모없는 사람이 될 것이다. 한쪽으로 치우친 삶은 인생길에서 만나는 풍성함을 맛볼 수 없다.

기대와 실망, 강점과 약점, 진지함과 유머, 주된 것과 종 된 것을 함께 보는 것, 이상을 꼭 붙잡고 서되 현실 위에 굳게 발을 딛는 것… 삶에서 부딪치는 이러한 대립적 요소들의 팽팽한 긴장 관계 속에서 순간순간 균형을 잡으며 사는 데에 삶의 가치와 보람이 있는 것 아닐까. 그날의 깨달음은 이후 재판뿐 아니라 내 삶 전체에 하나의 화두가 되었다.

참새 ──────

우리는 평범한 일상에서 때때로
지순한 순간과 마주치곤 한다.

얼마 전 투르게네프Ivan Sergeyevich Turgenev가 쓴 참새에 관한 짧은 수필을 읽었다. 그가 시골길을 산책하다가 목도한 장면이다. 둥지에서 떨어져 퍼덕이는 새끼 참새 한 마리를 보았는데, 마침 옆에 있던 개가 자기 새끼를 향해 다가가자 어미 참새가 개의 코앞으로 돌멩이처럼 날아가 덤벼들었다. 어미 참새는 작은 몸뚱이를 벌벌 떨면서도 온몸을 쥐어짠 듯한 쉰 목소리로 대항했다. 이에 개가 놀라서 뒷걸음쳤다는 짧은 내용이다.

문득 10여 년 전 보았던 참새가 생각났다. 어느 일요일 오후, 마당에서 참새가 꽤나 시끄럽게 울어댔다. 그러기를 반 시간여, 이제는 울음소리에서 어떤 깊이와 다급함마저 느껴졌다. 대체 무슨 일인가 싶어 밖으로 나가 보니 참새 한 마리가 담장 위에서 울고 있었다. 그리고 담장 밑에는 다른 참새 한 마리가 날개를 다쳤는지 퍼덕거리고만 있었다. 담장 위의 참새는 다친 참새를 두고 떠날 수 없어서 그렇게 울었던 것이다.

다친 참새를 살펴줄 생각에 가까이 다가갔더니 이놈이 위협을 느꼈는지 아픈 몸으로 폴짝폴짝 뛰어 옆에 있던 개구멍 밑으로 들어가는 것이 아닌가. 구멍이 제법 깊어 속이 들여다보이지도 않았다. 담장 위의 참새는 한참을 더 울어대더니 결국 떠나버렸다. 그 뒤로 며칠 동안 참새 울음소리가 귓전을 맴돌았다.

우리는 참새를 하찮은 동물로 여긴다. 그런데 하찮은 참새가 이처럼 놀라운 행동을 하는 것을 어떻게 생각해야 할까? 단순히 참새의 타고난 본능이라고 치부해버릴 수도 있다. 사회생물학자들은 생물의 이타적 행동을 유전자 증식을 위한 적응 활동으로 해석한다. 어머니의 희생도 알고 보면 동일한 유전자를 갖는 근연개체近緣個體를 남기려는 유전자의 이기적 활동에 불과하다는 것이다.

그러나 이런 이론만으로는 내가 직접 들었던 참새 울음의 그 절실함을 설명할 수 없다. 우리는 평범한 일상에서 때때로

지순한 순간과 마주치곤 한다. 사랑하는 이의 깊고 따스한 눈빛, 어깨에 얹힌 친구의 손, 티 없이 바라보는 아이의 얼굴, 그리고 진실한 마음으로 남을 위해 희생하는 무명의 손길들이 그것이다. 이러한 아름다움을 만날 때마다 우리의 심성은 깊은 감동으로 흔들린다.

세상이 날로 어지러워지고 있다. 이기주의, 쾌락주의가 난무하고 온갖 허무의 말들이 우리 주변을 맴돌고 있다. 그러나 나는 변치 않는 사랑의 존재와 힘을 믿는다. 참새에게서 보았듯이 모든 생명 존재는 근원적으로 사랑의 본성을 갖고 있다. 담장을 못 떠나던 참새의 울음소리는 바로 사랑을 외치는 존재의 함성 아닐까. 하늘을 날아다니는 참새를 볼 때마다 나 자신 또한 사랑의 존재임을 다시 확인하곤 한다.

요셉의원에서 생긴 의문 ──

인간은 누구나 인간이기에
그 자체만으로 가치가 있다.

요셉의원. 영등포역에서 서쪽으로 500미터쯤 내려가다가 왼쪽 골목길로 들어서면 '요셉의원'이라는 작은 간판이 붙어 있는 3층짜리 낡은 건물이 나온다. 이곳이 노숙자, 영세민 등을 무료로 진료해주는 요셉의원이다. 이 주변은 오래된 쪽방촌이 있고 우범지대여서 대낮에도 선뜻 들어서기가 어렵다.

수년 전 겨울 어느 날, 법원 동료들이 모은 성금을 전달하기 위해 이곳을 찾았다. 50대 중반으로 보이는 온화한 인상의 선우경식 원장이 반갑게 맞아주었다. 그런데 병원 안으로 들어서자 진료실 앞에서 기다리는 환자들의 옷차림이나 얼굴이 여느 병원과는 달랐다. 낡은 옷, 헝클어진 머리, 초췌한 얼굴

빛. 그곳이 무료 구호 병원이라는 것을 실감할 수 있었다.

병원의 기계나 가구마저도 일반 병원에서 버린 것을 얻어다 놓은 것이었고 대부분의 의사와 직원은 자기 시간을 쪼개 근무하는 자원봉사자였다. 선우 원장은 병원 여러 곳을 보여주고는 나를 다시 밖으로 이끌었다. 한 번이라도 이런 곳을 돌아봐야 한다는 취지 같았다. 낮인데도 매춘 여성들이 골목마다 서 있었고, 몸 하나 눕히기도 힘들 정도로 작은 쪽방 집도 다닥다닥 붙어 있었다. 유명 백화점의 화려한 장식 바로 밑에 이런 동네가 있다는 것이 믿기지 않았다.

동네를 돌면서 선우 원장과 많은 이야기를 나누었다. 주로 노숙자와 영세민, 매춘 여성들이 병원을 찾는데 주민등록증 없는 행려병자들은 시립 병원에도 가지 못하기 때문에 이곳에서 치료를 받을 수밖에 없다고 했다. 제일 큰 문제는 알코올에 중독된 노숙자들인데 이들은 술 취해 싸움을 하다가 다치거나 병에 걸려 실려왔다가 치료받고 퇴원하는 일을 반복한다고 한다. 퇴원할 때 다시는 술을 먹지 말라고 신신당부를 하지만 얼마 안 되어 다시 술로 엉망진창이 되어 돌아온다는 것이다.

"사람이 잘 안 바뀌지요. 치료받고 나간 사람이 며칠 안 되어 고주망태가 되어 실려오면 참 속상해요. 이 사람들은 길거리와 우리 병원을 왔다 갔다 하다가 죽어가는 것이지요."

이때 희미하지만 한 가지 의문이 날카롭게 나의 마음을 찔러왔다.

'실패할 것이 뻔한 알코올 의존자들을 한두 번도 아니고 계속해서 치료해줄 필요가 있을까? 희망 없는 사람은 일찌감치 포기하고 넉넉하지 못한 병원의 자원을 갱생 가능성이 높은 사람들에게 우선 투자하는 것이 옳지 않을까?'

요셉의원은 개인 후원금으로 운영되는 만큼 도움이 꼭 필요한 영세민을 우선하는 것이 더 효율적일 것 같아서였다. 그러나 이 의문을 입 밖에 내지는 않았다. 무엇인가 근본적인 문제가 이 의문의 아래에 있는 것 같았다.

몇 달이 지난 후 공교롭게도 영등포역에서 노숙자들 사이에서 패싸움이 일어나 사람이 죽은 사건을 재판하게 되었다. 가해자로 기소된 피고인들은 모두 알코올에 중독된 노숙자들이었다. 사망 경위가 불분명하여 재판을 여러 차례 계속하면서 피고인들과 이야기를 많이 나누었다. 구치소에서 술을 끊고 규칙적인 생활을 해서인지 모두 얼굴이 맑고 순박해 보였다. 노숙자라고 해서 별난 사람들이 아니었다. 그들을 보면서 내가 요셉의원에서 가졌던 의문의 실체를 깨달았다.

'사람의 가치를 어떻게 보아야 하는가?'가 그 본질적 문제였다. '갱생 가능성이 있는 사람에 대한 치료를 우선하자.'는 생각은 갱생 가능성이 있는 사람만 가치가 있고, 그렇지 않은 사람은 보호할 가치가 없다는 전제에서 출발한 것이었다. 의식적으로는 행려병자가 무가치하다고 생각해본 적이 없지만 나의 무의식에서는 거기서 벗어날 가망이 없는 사람은 도와줄 가치가 없다는 식으로 단정하였던 것이다. 비교적 동정심이 있는 편이라고 믿던 나에게 이러한 성찰은 천만뜻밖이었다.

과연 사람의 가치는 그렇게 차이가 나는 것일까? 갱생 가망이 없는 중증 알코올 의존자나 마약 중독자, 상습 범죄자는 정상적인 생활을 하는 사람보다 가치가 없는 것인가? 내가 믿는 예수의 행동에 비추어 볼 때 이 생각은 분명히 틀린 것 같았다. 가장 비천한 말구유에서 태어난 예수가 아무런 소망도 없는 문둥병자, 세리, 창녀와 가까이 지내고 무식한 하층민을 제자로 삼은 사실은 무엇을 뜻할까?

"가난한 사람들 가운데에서도 가장 가난한 사람들에게 마음을 다하여 헌신한다."라는 마더 테레사의 사랑의선교회 서원이 생각났다. 마더 테레사도 그러하지만 미국에서 박사학위까지 받은 내과 전문의 선우 원장이 초라한 자선 병원에서 부랑자들을 위해 삶을 바치는 이유는 무엇일까?

이들은 인간의 가치가 능력이나 가능성에 있는 것이 아니고, 인간이라면 능력에 관계없이 누구나 존엄하며 고유한 가치가 있다고 믿는 것이다. 인간은 누구나 그 자체로 가치가 있다. 그래서 아무리 비참하고 악한 인간이라도 그들이 고통받을 때 도와주고 보살펴주어야 하는 것이다.

마더 테레사가 죽어가는 에이즈 환자를 가슴에 안아주는 것은 그가 갱생 가능성이 있거나 착해서가 아니라 단지 그가 인간이기에, 존엄한 최후를 맞아야 하는 인간이기에 그렇게 하는 것이다. 결국 내가 가졌던 의문에 대한 해답은 "인간은 누구나 존엄하기에 그가 무슨 일을 했든 간에 똑같이 치료받아야 한다."라는 것이었다. 예수가 "가장 보잘것없는 사람을 사랑하는 것이 나를 사랑하는 것"이라고 가르치신 것이 이러한 뜻이리라.

마더 테레사는 말했다.

오늘날 가장 큰 병은 문둥병이 아니라 타인으로부터 사랑받지 못하고 필요로 하지 않으며 보살핌을 받지 못하는 것이다. 육체의 병은 약으로 고칠 수 있으나 고독, 절망, 무기력 등 정신적 병은 사랑으로 고쳐야 한다. 빵 한 조각 때문에 죽어가는 사람도 많지만 사랑받지 못하여 죽어가는 사람은 더 많다. 가장 큰 악은 사랑의 부족, 이웃에 대한 얼음과 같이 찬 무관심이다.

나는 내 마음이 악에 가까운 상태, 즉 이웃에 대하여 무관심하였음을 의식조차 못하고 지냈던 것이다. 사람은 타인의 사랑을 받지 못하면 병들어 약해지고, 반면에 타인을 사랑하지 못하면 악해지는 존재다. 행려병자들이 사랑을 받지 못하여 비참한 실패를 반복하였다면, 나 역시 훨씬 좋은 환경에 살면서도 사랑을 제대로 하지 못하는 실패를 계속하였던 것 아닌가.

요셉의원에서 생긴 의문은 나 자신도 사랑의 실패를 반복하는 영적 행려병자라는 사실, 그래서 나도 계속하여 영적 치료 병원에 들락거려야 하는 약한 존재임을 일깨워준 귀한 초대였던 것이다.

연민의 힘 ———

> 다른 사람에 대한 연민이
>
> 곧 자기 삶을 살아가는 힘이 된다.

재판은 분쟁이나 범죄를 다루는 것이므로 아름답거나 즐거운 경험을 하기는 어렵지만 드물게 감동을 주는 사람을 만나기도 한다. 오래전 형사 단독재판을 할 때 그런 일이 있었다. 술 취한 청년 네 명에게 구타당하여 중상을 입은 중년의 피해자가 법정에 증인으로 나왔다. 피고인들이 폭행 사실을 부인하여 피해자의 증언이 필요했기 때문이다.

피고인들은 막상 피해자가 법정에 나오자 양심의 가책을 느낀 듯 고개를 떨구었다. 나는 불편한 몸으로 증언을 마친 증인에게 물어보았다.

"피고인들을 어떻게 처벌하기 바라십니까?"

피해자는 한참 생각하더니 대답했다.

"젊은이들이 처자식도 있는데 어떡하겠습니까? 잘못을 뉘우치면 용서해주시지요."

나는 물론 검사와 변호사, 무엇보다도 피고인들이 깜짝 놀랐다. 가해자가 구속되면 피해자는 합의 조건으로 무리한 금전 보상을 요구하며 엄벌해달라고 하는 것이 보통인데, 그는 치료비 한 푼 받지 못했으면서도 용서를 한다는 것이었다. 피고인들의 초췌한 모습을 보면서 불쌍하다는 생각에 마음이 움직인 것 같았다. 그에게는 마음에서 우러나오는 소박함과 사람을 움직이는 힘이 있었다. 스산하던 법정이 그의 말 한마디에 환하고 따뜻해지는 듯했다. 그때 받았던 감동은 17년이 지난 지금까지도 내 마음에 보석처럼 남아 있다.

2007년 봄, 비슷한 감동을 한 번 더 경험했다. 버지니아 공대에서 벌어졌던 총격 사건의 추도식 장면을 TV로 보면서였다. 사망자가 32명에 이르는 최악의 살인 사건인 데다 가해자가 조승희라는 재미한인 청년이라서 충격이 더 컸다. 그런데 추도식을 보면서 다시 한번 놀랐다.

희생자 32명은 물론 조승희까지도 추도 대상에 들어 있던 것이다. 추모석에는 33송이의 꽃이 똑같이 놓였고 교정의 나무 33그루에도 똑같이 검은 리본을 묶었다. 조승희의 추모석에 누군가 글을 남겨놓았다.

"네가 그렇게 견딜 수 없는 고통을 받으면서 누구에게서도 도움을 받지 못했다는 것을 알고 가슴이 아팠단다."

이들은 그가 끔찍한 사건을 저지른 가해자이지만, 그 내면에 견디기 어려운 고통을 겪은 불행한 인간으로서 그 역시 피해자라는 점을 받아들인 것이다. 오히려 그를 미리 돕지 못해 미안하다고까지 했다. 최악의 살인 사건이 서로의 상처를 보듬어 안아 치유하는 기회로 승화되는 순간이었다.

두 사건은 '연민'이라는 단어를 떠오르게 한다. 연민은 다른 사람의 고통을 자신의 것처럼 느껴 함께 나누는 마음을 뜻한다. 연민을 뜻하는 'Compassion'의 어원인 'Compati'는 고통을 '함께com' '나눈다pati'는 뜻이다. 맹자의 측은지심惻隱之心과도 같은 말이다. 두 사건의 피해자나 가족들은 견디기 힘든 고통을 겪으면서도 가해자에 대한 연민을 잃지 않았다. 이런 연민의 행동은 어떠한 의미가 있을까?

상처와 고통 없이 사는 사람은 단 한 사람도 없다. 나는 고통에 신비한 힘이 있다고 믿는다. 고통을 통해 사람들은 서로 연결되어 있음을 깨닫고 연민의 마음을 갖는다. 다른 사람이 자신의 고통을 진심으로 이해해줄 때, 자신이 있는 그대로 받아들여짐을 느끼며 새로운 힘과 용기를 얻는다. 동시에 타인에 대하여 진정한 연민을 느낄 때, 자기가 갖고 있던 고통과 상처로 타인의 상처를 치유하는 신비를 맛볼 수 있다.

그래서 다른 사람의 고통에 얼마나 민감한가에 따라 사람의 정신적 성장 정도를 알 수 있다. 자기의 안락만을 목표로 삼는 사람이나, 늘 자기 문제에만 골몰하는 사람은 남의 고통에 대해 연민을 갖지 못한다. 이런 사람은 평생 자기 안에 갇혀 제자리만 맴돈다. 많은 고통을 겪으면서 인간의 나약함을 인식하고 타인에게 깊은 애정을 가진 사람만이 연민의 마음을 가질 수 있다. 이런 사람은 이 과정에서 자신의 상처를 치유받고 성장한다.

> 무력한 사람에게 연민을 가질 때 약하고 위태로운 자기 자신을 사랑할 수 있게 된다.

에리히 프롬Erich Fromm의 말이다. 타인에 대한 연민이 곧 자기 삶을 살아가는 힘이 된다는 사실이야말로 삶의 신비다.

관용이 최상의 덕이란다 ─────

관용은 자기 생각이 틀리거나

부족할 수 있다는 한계를 인정하는 태도다.

날이 갈수록 우리 사회는 좌우, 즉 보수와 진보 사이의 분열이 심해진다. 과연 보수와 진보가 서로 대화도 하지 못할 정도로 차이가 큰 것일까? 나는 자유민주주의 사회에서는 보수와 진보라는 말보다 '균형론'과 '혁신론'이 더 정확한 표현이라고 생각한다.

균형론자는 근본적으로 현실과 질서를 중시하는 사람들이다. 개혁을 하되 현실과 균형을 잃지 않으려고 노력한다. 이들은 온건하고 원만하며 사회를 유지, 관리하는 중심이 된다. 반면에 혁신론자는 현실보다 이상을 중요시하며 정열적으로 현실 타파를 주장하고 충돌을 마다하지 않는다. 이들은 사회에 문제점을 제기하고 이를 쇄신시킨다. 이러다 보니 서로를 '편협한 기득권자', '순진한 공상가'라고 비난한다.

그러나 두 입장 모두 결정적인 약점이 있다. 균형론자들은 비전과 결단력이 부족하다. 민주주의를 꽃피운 프랑스혁명과 같은 극적인 일은 행할 수 없다. 반면에 혁신론자들은 실제적인 적응력이 없고 현실을 인식하는 힘이 약하다. 공산주의는 이론상 휴머니즘의 극치이자 혁신론의 결정판이지만 지금껏 보여준 참담한 실패는 이들의 비현실성을 여실히 드러낸다.

이러한 차이는 어디서나 쉽게 볼 수 있다. 투자를 할 때 이율이 낮더라도 안전한 정기예금을 선호하는 사람이 있는가 하면, 위험하더라도 첨단 기업의 주식에 투자하여 고수익을 노리는 사람이 있다. 어느 편이 성공할지는 여러 상황과 시기에 달려 있을 뿐 정답은 없다. 사회에는 두 가지 타입 모두 있어야 한다. 어느 한쪽만 있다면 '정체'나 '혼란' 중 한 상황에 빠질 수밖에 없다. 인간사는 하나의 정답만 있는 것이 아니고, 서로 다른 의견을 어떻게 통합하느냐가 중요한 법이다.

《로마인 이야기》를 쓴 시오노 나나미鹽野七生는 "그리스인보다 못한 지력, 켈트인보다 못한 체력, 카르타고인보다 못한 경제력을 가진 로마가 천년 제국을 이룩한 비결은 관용의 미덕에 있다."라고 갈파했다. 그리스가 민주파와 공화파로 갈려 당쟁을 일삼으면서 끝내 통합하지 못한 반면, 로마인들은 다른 의견들을 통합하며 발전해갔다. '의견 차이'가 그리스에게는 쇠망의 원인이었지만, 관용의 정신을 가진 로마에게는 오히려 지혜의 원천이었다.

그렇다면 관용적인 태도라고는 손바닥만큼도 찾아보기 어려운 우리 사회는 어디로 가고 있는가?

관용은 상대방의 시각에서 문제를 바라보며, 진정으로 이해하려는 마음으로 경청하고, 자기 생각이 틀리거나 부족할 수 있다는 한계를 인정하는 태도다. 자기 신념에 대한 자신감과 타인에 대해 열린 마음을 가진 사람만이 관용의 정신을 가질 수 있다. 반대로 자기 신념과 능력에 대해 자신감이 없는 사람은 마음이 닫혀 있어서 비판을 받아들이지 못하고 독선적이며 남의 잘못에는 매우 혹독하다. 이런 사람은 자기 약점을 인정할 만한 용기가 없고 공정하지 못하다. 우리는 상대방을 비판하기에 앞서 과연 자신이 공정한 관용의 정신을 가졌는지 살펴보아야 하지 않을까?

나는 사람들과 의견이 대립될 때면, 크로닌A. J. Cronin의 소설 《천국의 열쇠》에 나오는 한마디 말을 되새겨본다. 세상에서 벌어지는 온갖 차별에 대항해 평생을 외롭게 싸워온 노신부 프랜시스 치섬Francis Chisholm. 그가 고아 소년 안드레아와 언덕에서 높이 연을 날리면서 독백처럼 해준 말이다.

나는 모든 어리석음과 잔학함에 맞서 싸울 것을 진심으로 맹세한다. 안드레아야, 관용이 최상의 덕이란다.

네가 아프니 나도 아프다 ────

형사재판을 하다 보면 범죄행위에 대해 참기 어려운 감정이 생길 때가 있다. 어린 여학생을 납치해 재미 삼아 집단으로 성폭행한 청년들, 어려울 때 돈 빌려준 친구를 유인하여 살해한 사람, 교묘히 약점을 잡아 거머리처럼 돈을 뜯어내고 가정을 파탄시킨 사람…. 이들에게 피해를 입은 사람들은 엄청난 고통을 받는다. 약점을 잡힌 사람은 계속된 협박에 못 이겨 자살을 했고, 성폭행을 당한 여학생은 그 충격을 이기지 못하고 결국 정신병원에 입원했다. 자녀 앞에서 강도에게 성폭행을 당한 주부는 견디다 못해 이혼을 하고 말았다.

"피고인의 누이동생이나 어머니가 이런 일을 당했다면 피고인은 어떻겠어요?"

재판정에서 피고인에게 몇 번 이렇게 물은 적이 있다. 이 질문은 법관이 감정을 나타낸 것으로 바람직하다고 할 수는 없지만, 그 순간 법관이 아닌 인간으로서 질문을 하지 않을 수 없었다. 자신의 삐뚤어진 욕망 때문에 타인의 삶을 짓밟는 냉혹함을 어떻게 볼 것인가?

이들 중에는 반사회적 인격 장애, 흔히 '사이코패스psycho-path'라 하는 극단적인 유형이 있다. 연쇄살인범 유영철에 대한 심리 분석 결과를 보았는데, 그는 죄책감을 느끼기는커녕 오히려 자신이 언론에 어떻게 보도됐는지만 궁금해했다. 정신 질환이 아니더라도 잔혹한 범죄를 저지른 사람들은 대부분 자기 범죄가 피해자에게 어떤 고통을 주는지에 대해 무감각하거나 무시해버리는 행동 양식을 보인다.

내가 절망감을 느끼는 이유는 범죄행위의 잔혹함보다 범행 당시 그들이 피해자에게 갖는 근본적인 마음 자세 때문이다. 피해자에게도 삶이 있다는 사실을 완전히 무시하는, 타인의 고통에 대한 철저한 무관심에 온몸이 떨린다. 인간이 짐승과 다른 점이 무엇인가? 자신이 타인에게 원하는 그대로 타인에게 해주는 것이 인간관계의 황금률이다. 종교는 더 나아가 타인의 고통에 대해 적극적으로 공감하고 행동하라고 가르친다. 대승불교의 핵심은 '중생이 아프니 나도 아프다'는 마음에 있다. 타인의 고통을 자기 것으로 느끼라는 것이다. 예수는 이런 마음으로 예루살렘을 바라보면서 고통받는 사람들을 위해 홀로 눈물을 흘렸다. "가장 미천한 사람에게 해준 것이 바로 나에게 해준 것"이라는 예수의 말은 고통받는 사람을 돕는 것이 인간의 중요한 의무임을 깨우친다.

프랑스의 아베 피에르Abbé Pierre 신부는 거리의 부랑자들을 모아 엠마우스Emmaus 공동체를 창설해 수많은 사람들을 갱생의 길로 이끌었다. 이 일은 무기징역을 받았다가 특사로 풀려난 불량배 조르주를 만나면서 시작됐다. 그는 출소한 뒤 가족에게서 버림받자 자포자기해 자살을 기도했다. 이때 구호 사업에 바쁘던 피에르 신부는 조르주에게 다음과 같은 부탁을 했다.

"죽기 전에 우선 내게로 와서 일을 좀 도와줄 수 없겠나? 그 뒤에는 자네 마음대로 하게."

얼떨결에 피에르 신부 옆에서 걸인들을 돕게 된 조르주는 점차 자신이 세상에 필요한 존재라는 사실을 깨닫고 행복한 사람으로 변했다. 피에르 신부는 "절망에 빠진 사람을 치료하는 방법은 단 한 가지, 고통받는 다른 사람을 진정으로 돕는 일뿐"이라고 말한다.

행복의 법칙은 단순하다. 타인의 행복을 위해 노력할수록 우리 내면에 자신감과 힘이 생기고 마음의 평화와 행복감이 커진다. 반대로 자기 자신의 일에만 관심을 갖고 자신만 위할수록 불안감과 두려움이 커져 삶의 의미를 찾기가 어려워진다. 내 주위에서 고통받는 사람은 '하늘나라에서 내게 내려준 특사'다. 고통받는 사람을 돕는 행위에 내가 하늘나라로 갈 수 있는 성숙과 행복의 길이 있다는 말이다.

우리들은 앞서 이야기한 잔혹한 범죄자와 피에르 신부의 양 극단 사이에 서 있다. 자신의 돈, 즐거움, 경력에만 관심을 쏟고 타인에게는 전혀 관심이 없는 사람은 어둠을 피할 수 없다. 타인이 고통의 늪에 빠져 신음하는데, 옆에서 눈을 돌리고 귀를 막는다고 해서 과연 혼자 행복할 수 있을까?

우리는 타인이 겪는 고통의 의미를 진정으로 생각해봐야 한다. 내 친구 하나는 늘 얼마큼의 돈을 주머니에 넣고 다닌다. 지하철에서 구걸하는 사람에게 주기 위해서란다. 이런 작은 일부터 시작해봐도 좋다. 자신만 위하고 외적인 것만 구해서는 결코 행복한 삶을 누릴 수 없다.

사랑받아야 사랑할 수 있다 ──

성숙한 사람이 올바른 사랑을

할 수 있다.

며칠 전 가까운 후배 A 부부와 함께 식사를 했다. A 부부는 그 날도 여느 때처럼 막내아들 정석(가명)이를 데려왔다. 아이는 수줍어하면서도 생글생글 웃는 모습이 정말 귀여웠다. 주차하는 아빠를 찾는다고 다람쥐처럼 식당 문을 들락날락했다.

정석이는 A 부부가 6년 전 입양한 아이다. 부인이 보육원에서 자원봉사를 하다가 갓난아기인 정석이를 만났고, 몇 달간 돌보면서 정이 흠뻑 들었다고 한다. 이미 아이 둘이 있고 경제적으로도 여유가 없었지만 정석이를 도저히 외면할 수 없었다고 한다.

A 부부는 정석이가 물으면 입양 사실을 그대로 대답해준

다. 정석이는 '엄마가 나를 낳지는 않았지만 나를 세상에서 제일 사랑한다.'라고 느낀다고 한다. 유치원에서 심리검사를 했는데 '자신이 사랑받고 있다'는 의식이 아주 높게 나와 사람들이 어떻게 키웠는지 물어볼 정도란다. 나는 A 부부가 정석이를 이렇듯 사랑스럽게 키워온 것을 보면서 새삼 감동했다. 그들은 말로만 사랑하는 게 아니라 사랑을 몸소 행한다. A 부부에게서 정석이에게로 흘러가는 사랑의 물줄기가 눈에 보이는 듯하다.

복잡한 범죄 이론이 여럿 있지만 범죄의 근본 원인은 성장 과정에서 필요한 최소한의 사랑도 받지 못해 자신과 다른 사람을 사랑할 줄 모른다는 데 있다. 가출, 미성년자 성매매, 한 해에 4천 명 가까운 청소년 자살…. 가정에서 사랑받지 못해 벼랑 끝으로 몰리는 우리네 청소년들의 안타까운 모습이다.

이러한 실상이 충격적으로 드러난 사건이 발생했다. 대학생이 부모를 살해하고 시신을 토막 내 쓰레기통에 버렸다. 범행 자체도 끔찍했지만 범인이 명문대에 다니는 학생인 데다가 전형적인 중산층 가정이어서 더 놀라웠다.

"초등학생 때부터 어머니에게 수없이 두들겨 맞았고 쓰레기 취급을 받았다. 한순간도 눈치를 보지 않은 적이 없었고, 스스로 감정을 속이는 법을 배웠다."

그의 일기에 적힌 글이다. 어머니는 그의 작은 키와 느린 행동을 굼벵이라고 부르며 조롱하기 일쑤였다. 어머니의 강압과 변덕스러운 학대 속에서 그는 친구도 못 사귈 정도로 내면이 철저히 파괴되었다. 그런 상태에서 어머니의 차가운 거절로 증오심이 폭발했던 것이다.

정석이네처럼 사랑이 넘치는 관계가 있는 반면, 위 사건처럼 증오와 학대로 점철된 관계도 있다. A 부부는 순수한 마음으로 정석이를 이해하고 함께 놀아주고 보살폈다. 그렇지만 대학생의 어머니는 아들을 있는 그대로 받아들이지 않고 자기 기분대로 대했다. 아들에 대한 최소한의 배려도 할 줄 몰랐던 것이 비극의 원인이었다.

부모가 자녀를 사랑하는 것은 당연하고 저절로 되는 것이라고 생각하지만 실상은 그렇지 않다. 가족 간에는 가식이 통하지 않고, 늘 함께 있기 때문에 인격이 그대로 드러나 충돌이 잦다. 따라서 서로가 더더욱 관심을 갖고 배려해야 한다. 일상생활에서 친구나 동료보다 가족을 더 이해하기 위해 애써야 하는 이유다.

아내와 나는 결혼 초에 아이들을 우리 자신보다 훨씬 나은 사람으로 키우자고 다짐했다. 그래서 우리가 갖고 있는 상처가 아이들에게 전해지지 않게 하려고 애썼다. 또한 아이들에 대한 생각과 행동에 모자라거나 지나친 것이 없는지 늘 반성했다.

올바른 사랑에는 욕심을 버리고 자녀를 있는 그대로 받아들이는 지혜, 참고 기다리는 인내심이 필수다. 성숙한 사람이 올바른 사랑을 할 수 있다. 다만 다행스럽게도 나처럼 미성숙한 사람도 아이들을 사랑하려고 노력하니까 아이들에게 좋은 영향을 주고, 그 과정에서 나 자신도 조금씩 나아지는 것을 느낄 수 있다. 이것이 상호작용을 일으키는 사랑의 신비인 듯싶다.

다른 것은 못 해도 자녀 사랑만큼은 제대로 하자. 그 시작은 부모가 자녀를 바르게 사랑하기로 결심하는 데 있다.

별똥비 내리는 밤 ——

평범한 가족의 일상에 보석과 같은

이러한 기쁨이 담겨질 수 있다니!

별똥별은 사람에게 영원과 찰나를 동시에 느끼게 해주고 '존재함'에 대하여 생각하게 하는 신비한 힘이 있는 것 같다. 나에게는 별똥별에 얽힌 남다른 사연이 있다. 아니, 정확히 말하면 별똥별이 아니라 그것들이 비처럼 떨어지는 '별똥비流星雨'에 대하여서다.

대학교 1학년 가을 축제 때였다. 전국에서 별똥비를 볼 수 있다는 보도가 나왔다. 별똥별이 하나도 아니고 비처럼 쏟아져 내린다니! 흥분한 나는 시큰둥해하는 친구 세 명을 간신히 꼬드겨서 내설악의 봉정암으로 향했다. 가장 깊은 산, 가장 높은 곳(봉정암은 우리나라에서 위치가 가장 높은 암자다.)에서 별똥비의 장관을 감상하자는 거창한 기대에서였다. 그러나 만 이틀 걸려 도착한 봉정암의 깊은 밤을 새벽까지 지새웠지만 별똥비 는커녕 별똥별 하나도 볼 수 없었다. 나중에 보니 천문대에서 계산을 잘못한 것이었다. 이 사건으로 나는 상당 기간 술자리 에서 단골 안줏거리 신세가 되었다.

그 후에도 별똥비 관측 예보가 있었으나 일이 바쁘고 철이 들어서인지 별 관심을 두지 않았다. 그러던 초겨울의 어느 날 이었다. 고등학교 2학년 큰딸 아이가 흥분한 얼굴로 학교에서 돌아오더니 다음 날 새벽 3시에 별똥비가 내린다는 것 아닌가. 평소 새침하던 큰딸의 흥분에 작은딸과 아내까지 적극 동조하 는 바람에 꺼져 있던 나의 열정도 갑자기 불타올랐다. 즉석에 서 온 가족이 별똥비 관측 작전을 세웠다. 바다냐, 산이냐 고심 하다 결국은 아파트 14층 옥상에서 보기로 하였다. 산에 가까 워서 별 무리가 없을 것 같아서였다.

억지로 잠을 청하다가 새벽 3시에 일어나 옷을 단단히 껴 입고 옥상으로 올라갔다. 우리처럼 정신 나간 사람은 없을 거 라고 낄낄대면서. 그러나 이게 웬일? 이미 '정신 나간' 사람들 몇몇이 옥상에 자리를 잡고 서 있었다. 조금 지나니 찬 공기에

몸이 떨리기 시작했다. 그러나 딸애들은 추위도 아랑곳하지 않고 별똥별을 찾느라고 몸을 사방으로 돌리며 열심히 하늘을 올려다보았다.

그렇게 식구들이 꼭 붙어서 하늘을 바라보다가 별똥별이 떨어지면 소리를 지르며 좋아하였다. 딸들이 그때까지 별똥별을 본 적이 전혀 없다는 사실을 처음 알았다. 하지만 두 시간 동안 겨우 대여섯 개의 별똥별만 보았을 뿐 이번에도 별똥비는 내려주지 않았다. 모두 꽁꽁 언 채 녹초가 되어 내려왔다. 딸들은 별똥별을 처음 본 것만으로도 아주 행복해하였지만 나는 두 번째 실패에 씁쓸했다.

그러나 며칠 지나면서 문득 중요한 사실 하나를 깨달았다. 그날 밤 내가 진정으로 즐긴 것은 별똥별보다도 별똥별을 바라보는 아내와 두 딸의 눈빛과 웃음소리였다! 가족들이 꼭 붙어서 함께 밤하늘을 올려다보던 그 순간은 내 삶에서 무엇과도 바꿀 수 없는 소중한 부분이 되었다. 평범한 가족의 일상에 보석과 같은 이러한 기쁨이 담겨질 수 있다니! 그리고 봉정암에서 친구들과 함께 지냈던 30년 전 사건도 새롭게 다가왔다.

나는 그 두 차례 새벽에 하늘에서 내리는 별똥비는 못 보았으나 사랑하는 이들의 마음속에 내리는 별똥비를 보면서 우리들 영혼의 의례儀禮를 치른 것이었다. 이러한 사연이 있기에 나는 별똥비 예보가 또 나온다면 언제든 다시, 기꺼이 밤을 새우리라 마음먹고 있다.

아이 뒤에 서기 ——

자녀를 강건하게 키우려면 부모는 반드시
그 뒤에 한 발 떨어져 있어야 한다.

얼마 전 한 선배가 힘든 일을 겪었다. 말썽 한번 피우지 않던 대학생 아들이 갑자기 자살을 한 것이다. 선배는 상당한 재산가인 데다 자녀들도 명문대를 다녀서 남부러울 것이 없었던 터라 충격이 더 컸다. 다른 친구는 딸 문제로 고민한다. 입시에 삼수한 외동딸의 수능 성적이 이번에도 나빠서다. 어릴 때 영재 소리까지 듣던 딸이 고등학교 다닐 때부터 공부에 흥미를 잃고 지금에 이르자 친구는 딸의 앞날이 너무 두렵다고 한다. 이와 같이 안정된 가정에서 열성적으로 자녀 교육을 하는데도 결과가 좋지 않을 때가 적지 않다. 왜 그런 것일까?

얼마 전 그 해답의 실마리를 얻었다. 이혼 재판에서 자주 나타나는 부모의 과잉보호가 그 원인이다. 중상류층의 이혼 사건 상당수는 과잉보호를 받으며 자란 사람들에게서 일어난다. 몸만 어른일 뿐 정신은 여전히 '엄마'에게 전적으로 의존하는 사람들이 의외로 많다. 이들의 결혼은 배우자를 선택하는 과정부터 어머니가 주도한다. 결혼 생활의 사소한 갈등도 직접 해결하지 못하고 시시콜콜 '엄마'와 의논한다. 미국에서 유학 중이던 신혼부부가 국제전화로 '엄마'의 훈수를 받으며 싸움을 한 사건도 보았다. 재판 과정에서도 젊은 부부는 뚜렷한 자기 의견이 없고, 엄마들 목소리만 높아 누가 당사자인지 모를 지경이었다.

이런 사람들은 겉보기에는 괜찮은 학력과 지위를 가진 멀쩡한 성인인데도 생각은 완전히 어린이 같은, 이른바 '어른아이adult-child'다. 어른아이의 특징은 주체성이 약해서 결정을 해야 할 때면 언제나 부모에게 의존하고 책임감이 없다. 독립된 삶을 살아갈 준비가 전혀 되어 있지 않은 것이다. 어릴 적부터 어머니의 치밀한 계획에 따라 과외를 받고, 10대가 되면 성적에 대한 압박이 더 강해져서 다른 것은 생각할 수도 없다. 대학 선택도 어머니 몫이다. 대학 교수인 친구가 하는 말을 듣자 하니 학생 대신 그 부모가 수업 시간표와 학점에 대해 항의하는 일도 종종 있다고 한다.

　사람은 각 성장 단계마다 해결해야 할 고유한 과업이 있다. 청소년기는 놀고 실험해보고 실패하면서 자신을 이해하고 정체성을 세우는 시기다. 이를 위해서는 숨 쉴 공간과 자유가 필요한데 과잉보호하는 부모 아래에서는 정체성 문제로 씨름할 기회조차 갖지 못한다. 자기 정체성은 삶을 지탱해주는 척추와 같은 요소다. 정체성이 약하면 주체적 인간으로 성장할 수 없고 생명력이 시들어 삶의 어느 단계에서든 무너지기 쉽다. 급증하는 자살, 우울증, 약물중독 등은 외적인 사건 이전에 내적인 정체성 붕괴가 근본 원인이다. 과잉보호 속에서 자란 사람은 언젠가는 터질 시한폭탄과 같다.

　독수리는 새끼가 자라면 강제로 둥지에서 밀어내 나는 훈련을 시킨다. 과잉보호하는 부모는 자식이 충분히 날 수 있는데도 계속 둥지에 두고 먹이를 갖다 먹여주는 어미 새와 같다. 이런 어미 밑에서 자란 새끼는 다 커도 날지 못하는 바보 새가 될 수밖에 없다. 아이를 잘 키우겠다는 열망이 오히려 아이의 정체성을 무너뜨리는 비극을 낳는 것이다.

　사교육이 극성인 강남 지역에 전국 소아정신과 의원의 18퍼센트가 몰려 있고 그곳에 환자가 넘쳐나는 것은 무엇을 뜻하는가. 부모는 아이를 꽁꽁 묶어 끌고 가면서 스스로 양육을 잘하고 있다고 믿는다. 하지만 아이는 숨이 막혀 비명을 지르고, 부모는 그 소리를 듣지 못한다.

아이가 스스로 생각하기도 전에 부모가 앞서서 끌고 가면 아이가 자기 생명과 힘을 확인할 기회를 놓치고 만다. 이런 일이 계속되면 아이는 유약해지고 스스로 설 능력을 잃어버린다. 자녀를 자기 삶의 주인이 되는 강건한 사람으로 키우려면 부모는 반드시 그 뒤에 한 발 떨어져 있어야 한다. 아이가 혼자 모험하고 상처 입고 다시 일어서는 모습을 지켜보되, 위험하거나 지치면 뒤에서 살며시 잡아주는 것이 부모 역할이다. 상담학자 앤드루 레스터Andrew D. Lester는 이렇게 말했다.

아이가 마음속 깊은 생각을 털어놓을 수 있고, 자신을 수용할 수 있으며, 좋아할 수 있는 어른을 발견한다면 그 아이는 진짜 보물을 찾은 것이다.

부모가 아니면 누가 아이의 '보물'이 될 수 있을까? 그러나 보물이 되는 것은 결코 쉽지 않다. 아이는 자유롭게 뒹굴 수 있는 넉넉한 공간을 가져야 보물을 발견할 수 있고, 이러한 공간을 마련해줄 책임은 부모에게 있다. 그러기 위해서는 미친 듯 앞서가는 세상 풍조를 거슬러, 부모 스스로 아이 뒤에 굳게 서 있기로 결심해야 한다. 지금 자신이 자녀의 어느 편에 서 있는 지 곰곰이 살펴볼 일이다.

아버지의 마지막 온기 ——

죽음은 남은 사람들에게

새로운 삶의 기회가 된다.

27년 전의 일이다. 출근길에 아버지가 심장마비로 쓰러지셨다는 연락을 받았다. 병원으로 달려갔더니 이미 돌아가신 뒤였다. 병원 구석진 방의 철제 침대 위에 아버지가 홀로 누워 계셨다. 깨끗하고 평온한 얼굴이었다. 주위에 사람이 아무도 없었다. 갑자기 아버지를 안아드리고 싶었다. 아버지 옷 속으로 손을 넣어서 그 가슴에 손을 대고 한참 있었다. 몸에는 아직도 온기가 남아 있었다. 이 따듯한 감촉으로 아버지와 마지막 인사를 나누고 있다는 느낌이 들었다.

　그 후 이 순간을 잊은 적이 없다. 지금도 마음을 집중하면 그때 내 손에 전해지던 아버지의 온기를 느낄 수 있다. 이 일로 죽음에 대해 각별히 생각하게 되었고 죽음을 연구하는 모임에 참여하면서 차츰 죽음에 대한 생각이 몇 가지로 정리되었다.

첫째, 죽음은 힘든 이별이고 상실이라는 점이다. 죽음은 본인이나 가족에게 어느 것과도 비교할 수 없는 슬픔을 준다. 돌아올 수 없는 길을 떠나는 이별이기에 사랑했던 만큼 고통을 겪는다. 철학적, 종교적 이론으로는 죽음을 새로운 세계로의 전환이라고도 하지만, 마지막 이별만큼 힘든 일이 어디에 있을까? 사랑하는 이의 죽음에 슬픔을 억누를 수가 없다. 실컷 울고 애도하는 것이 당연한 일이다.

둘째, 하지만 죽음이 결코 '실패'는 아니다. 우리는 흔히 질병이나 노화로 인한 죽음을 의료적 실패나 기능 불량으로 받아들인다. 삶이 죽음에 패배한 것으로 치부하는 것이다. 환히 웃는 건강한 남녀만 나오는 광고처럼 현대 문화는 죽음을 억누르며 숨기고 있다. 그러나 노화와 질병은 생명의 자연스러운 현상이며 한 부분이다. 낙엽은 생명의 소멸처럼 보이지만, 오히려 생명의 자연스러운 순환이며 나무에게 꼭 필요한 것 아닌가. 죽음을 자연의 섭리이며 생명의 한 부분으로서 당연하게 받아들여야 하지 않을까.

셋째, 죽음은 남은 사람들에게 새로운 삶의 기회가 된다.

가까운 이의 죽음 앞에서 우리는 숨겨졌던 물음에 직면하지 않을 수 없다. 왜 죽음이 있는 것일까? 삶에 목적이 있는가? 사랑은 무엇일까? 이런 질문들이 삶을 깊은 곳으로 향하게 만든다.

오래전부터 장례식은 삶의 자연스러운 과정의 하나였고, 남은 사람들에게 삶을 새롭게 확인하게 하는 영적인 절차였다. 임권택 감독의 영화 〈축제〉는 장례식의 전날부터 마지막 날까지 일어난 일을 그리고 있는데, 여기에서 장례를 '남은 자들의 축제'라고 말한다.

노인의학 전문의가 쓴 책을 읽다가 감동받은 글을 소개한다. 아버지의 죽음을 앞두고 자녀들이 모여 일주일간 같이 지낼 때 겪은 이야기다.

아버지의 죽음이 내게 일깨운 것이 한둘이 아니다. 이 일로 나는 내가 그 어느 때보다도 생생하게 살아 있음을 느끼고, 의욕이 다시금 용솟음쳤다. 한편으론 잠시 멈춰 서서 늘 곁에 있었기에 오히려 몰랐던 것들의 소중함을 돌아볼 줄도 알게 되었다. 가냘픈 숨을 힘겹게 토해내면서도 존엄성을 잃지 않으려는 아버지…… 우리 가족은 더없이 진지하면서도 견딜 수 없이 어색하고,

아버지의 죽음 앞에서 사랑과 웃음이 퍼져나갔고, 아버지의 죽음으로 가족들이 새로운 힘을 얻었다. 이렇듯 사람은 그냥 죽는 것이 아니다. 남은 사람들에게 깊은 의미를 남긴다. 호스피스 활동을 한 분에게서 "생애의 마지막 며칠 사이에 엄청난 변화를 하는 사람들이 종종 있다."라는 말을 들었다. 마지막을 맞은 사람이 용기 있게, 존엄하게 받아들일 때 남은 가족들은 깊은 영향을 받는다고 한다.

그때 느꼈던 아버지의 온기가 나를 죽음과 삶에 관한 의미의 길로 인도해준 것 같다. 이것이 아버지가 나에게 주신 마지막 선물이었다. 나중에 내 몸의 온기도 나의 아이들에게 온전히 전해질 만큼 따듯할 수 있을까.

눈물 —— 세상에서 가장 깨끗한 것

눈물을 흘리는 정의가 참된 의다.
재판 과정에서 좌절감을 느끼는 원인은
차가운 정의만 추구할 뿐,
따뜻한 의를 이루지 못하는 현실 때문이리라.

나는 잘못 판단하였습니다 ──

자신이 선고한 판결을 14년이 지나서 '오판'이었다고 스스로 고백하는 판사가 있을까? 믿기 어렵지만 실제로 그런 일이 미국에서 일어났다. 뉴욕주 대법관인 프랭크 바바로Frank J. Barbaro 가 그 사람이다. 그는 1999년 백인이 흑인을 살해한 사건의 재판을 맡았다. 피고인은 정당방위를 주장했으나 이를 배척하고 살인죄로 징역 15년을 선고하였다. 바바로 판사는 자신이 한 판결을 복기하며 검토하는 습관이 있었는데, 유독 이 사건에 대하여 질병이 생길 정도로 마음이 불편하였다. 그는 기록을 다시 검토하면서 피해자가 술에 취해서 피고인에게 먼저 시비를 걸었고, 계속 달려들면서 피고인의 목걸이를 빼앗으려고 하여 피고인이 총을 쏜 사실을 확인하였다. 당연히 정당방위를 인정할 수 있는데도, 그는 그 재판에서 이를 배척하였던 것이다. 오랜 생각 끝에 그런 판단을 한 원인이 인권주의자인 자신이 반대편인 인종차별주의자에 대하여 깊은 혐오감을 가진 데 있음을 깨달았다. 그는 백인우월주의자인 피고인이 흑인의 행패를 조금이라도 참았을 리가 없다는 생각만으로 정당방위 주장을 배척하였던 것이다.

그리하여 바바로 판사는 그의 판결이 잘못되었음을 공표하고 재심을 열게 하여 그 판결이 편견에 의한 오판이라고 법정에서 증언하였다. 피고인은 이미 14년간 교도소에서 지낸 후였다. 이런 행동으로 그는 평생 쌓아온 명예를 잃고, 막대한 금액의 손해배상 소송을 당할 것을 각오하였을 것이다. 실제로 담당 검사는 법정에서 그의 증언을 듣고서 '약한 늙은이'라고 조롱하였다.

바바로 판사의 이런 행동은 30여 년간 법관 생활을 한 나로서는 도저히 상상하기 어려울 정도로 놀랍다. 자신이 내린 판결이 상소심에서 확정되면 잊어버리는 것이 보통이다. 그러나 그는 자신의 판결이 확정되었다고 하여 그 판결이 항상 정당한 것이라고는 생각하지 않았다. 그는 인간의 한계와 편견의 위험성을 정확히 알고 있는 사람이었다.

바바로 판사가 고민한 인식의 오류에 대하여 인지과학이 발달하면서 새로운 사실이 계속 밝혀지고 있다. 1986년 우주 왕복선 챌린저호가 공중에서 폭발한 직후에 한 연구팀이 사람들에게 "챌린저호 폭발 소식을 들었을 때 어디에 있었나?"라고 질문을 하고 답장을 받았다. 2년 반이 지난 후 같은 사람들에게 동일한 질문을 하고 답을 받았는데, 이전 답장과 비교한 결과는 놀라웠다. 응답자 25퍼센트는 전혀 다른 장소를 썼고, 50퍼센트는 핵심적인 오류가 있었으며, 오직 10퍼센트만 정확하게 일치하는 답을 하였다!

경찰관이 용의자를 다른 사람들과 나란히 세워 목격자에게 범인을 지목하게 할 때, 목격자의 3분의 1은 범인을 지목하지 못하고, 3분의 1은 범인을 잘못 고르며, 심지어 범인이 없는 줄에서도 50퍼센트가 무심하게 범인을 지목한다. 목격자 진술이 증거가 되어 유죄판결을 받았던 중범죄자 중 300명 이상이 1980년 이후 시행된 DNA 검사 결과 유전자 불일치로 누명을 벗었고, 일리노이주에서는 사형 판결을 신뢰할 수 없다는 이유로 167명의 사형수 전원을 감형하였다.

생생한 사례에서 보듯이 우리의 인식이 실제와 상당히 차이가 나며, 자기의 한계를 벗어나지 못하는 부분적인 것임을 받아들일 필요가 있다. 바바로 판사의 오판은 특별한 것이 아니라, 인간이 모두 갖고 있는 약점이 명시적으로 드러난 것일 뿐이다. 중요한 것은 '내가 굳게 믿고 있는 것이 잘못일 수도 있다'는 사실을 잊지 않는 것이다.

하지만 요즈음 우리 사회에는 이러한 인식이 늘기는커녕, 오히려 퇴보하는 것 같아 걱정이다. "내 생각이 틀렸다."는 말은 들을 수 없고, 오직 다른 사람을 비난하는 말만 들린다. 최소한의 자기 성찰과 겸손도 찾아보기 어렵다. 편견과 아집으로 가득 찬 개인이나 사회에는 희망이 없다. 우리 사회는 왜 이렇게 낮아지고 있는 것일까? 답답하고 안타깝다.

바바로 판사는 이렇게 말하고 있다.

실수를 저지르지 않는지 자신에게 계속 물어야 합니다. 그것이 지금도 제가 노력하고 있는 부분입니다.

그처럼 우리에게 지금 필요한 것은 "나는 잘못 판단하였습니다."라고 말할 줄 아는 겸손하고 정직한 마음이다.

눈물 흘리는 정의

한 재판의 피고인은 30대 후반으로 얌전하게 생긴 남자였는데 죄명이 강도상해였다. 택시 기사를 칼로 위협해 돈을 빼앗으려다가 싸움이 벌어져 택시 기사의 손을 칼로 벤 것이다. 심리를 해보니 안타까운 사연이 있었다. 피고인은 소형 트럭을 사서 아내와 함께 아파트 주변을 돌며 몇 년 동안 채소 장사를 했는데 아내가 덜컥 중병에 걸려 입원했다. 트럭을 팔고 전셋집을 월세로 돌려 병원비를 댔지만 아내의 병세는 점점 심해졌다. 절망에 빠진 피고인은 집에 있던 식칼을 들고 나와 무작정 택시를 타고는 범행을 저질렀다.

사건이 일어나자 피고인의 친지들이 나서서 택시 기사와

합의를 했다. 택시 기사는 법정에서 당시 피고인이 벌벌 떨면서 칼을 들이대 별로 겁나지 않았고, 자신과 잠시 싸우다가 포기하고 순순히 잡혔다고 했다. 피고인은 전과도 없었다. 집행유예 판결을 내려 한시바삐 병상의 아내에게 돌려보내고 싶었으나 불가능했다. 강도상해죄는 형기가 징역 7년 이상이어서 아무리 감경하더라도 징역 3년 6개월이 되어 집행유예 판결을 할 수 없기 때문이다.(집행유예는 징역 3년까지만 가능하다.) 그의 아내가 눈물로 쓴 편지를 읽고 가슴이 너무 아팠지만, 그에게 징역 3년 6개월을 선고하면서 잘 지내라는 위로밖에 할 수 없었다.

이 사건은 하나의 예에 불과하다. 가정으로 꼭 돌아가야 할 피고인인데도 합의가 안 되거나 양형 기준에서 너무 벗어나 석방할 수 없는 경우가 많다. 가장이 징역형을 받으면 생계가 어려워져 부부가 이혼하거나 자녀가 가출해 가정이 파탄나는 등 안타까운 사건은 비일비재하다. 겉으로 보면 평범한 형사사건이지만, 그 속에는 눈물로 가득 찬 비극의 강이 흐르는 것이다. 이와 같이 법은 사건의 겉모습에만 관여할 수 있을 뿐, 사건 속의 눈물은 헤아릴 수 없고 눈물을 닦아주기도 어렵다. 이럴 때마다 법관으로서 좌절감을 느낀다.

실제 법정에서도 눈물을 자주 본다. 피고인에게 중형을 선고할 때 방청석에서 흐느끼는 어머니나 아내가 많다. 무죄를 주장하던 피고인에게 중형을 선고하자, 재판 때마다 나오던 피고인의 딸이 "안 돼요!" 하면서 혼절하여 며칠 동안 가슴이 저린 적도 있었다. 반대로 기쁨의 눈물을 흘리는 사람도 있다. 무죄 선고를 받는 순간 "고맙습니다."라는 말을 연발하면서 눈물을 흘리는 사람, 마음을 졸이던 끝에 집행유예를 선고받고 울음을 터뜨리는 가족도 있다. 이럴 때면 법관으로서 진한 보람을 느낀다.

나도 지금까지 법정에서 몇 차례 눈물을 흘렸다. 한 남자가 생활고를 비관하여 아내를 살해한 후 자살하려던 사건에서 고등학생 딸이 나와 "우리 아빠를 살려주세요."라며 절규할 때, 또한 동료 법관이었던 피고인에게 판결을 선고하면서 그가 겪었을 고뇌와 그에 대해 판결을 하는 나 자신, 그리고 깊은 상처를 입은 사법부에 비통한 마음이 들어 목이 멘 적도 있다.

법이 눈물을 닦아주기는 어렵지만, 눈물의 현장에 있는 것은 틀림없다. 돈이 없어 합의를 못한 피고인의 집행유예가 어렵게 되자 피고인 대신 합의금을 내줄까 심각하게 고민한 판사, 피의자를 수사하면서 그의 딱한 사정을 알게 돼 남몰래 그의 가족을 도와준 검사나 경찰관은 이렇게 눈물을 흘리는 사람들이다.

유대교 철학자 아브라함 J. 헤셸Abraham Joshua Heschel에 의하면 '정의justice'는 법이나 판결과 같이 곧고 정확하며 합리적인 올바름을 의미하지만, '의righteousness'는 친절, 박애, 관용 등 인격의 질을 의미한다. 즉, '의'는 정의를 넘어 연약한 자에 대한 애타는 동정을 포함한다. 법에서 나아가 눈물을 흘리는 것이다.

눈물을 흘리는 정의가 참된 의다. 재판 과정에서 좌절감을 느끼는 원인은 차가운 '정의'만 추구할 뿐, 따뜻한 '의'를 이루지 못하는 현실 때문이리라. 이런 안타까움이 어디 재판에만 국한되랴? 우리 삶에 참된 의를 위하여 진한 눈물을 흘리는 사람들이 더 많아졌으면 좋겠다.

입장이 관점을 만든다 ———

내 입장을 벗어나면 관점이 바뀌고,

판단이 새롭게 된다.

사법연수생 시절 일이다. 사법연수원에서 1년간 실무 교육을 받은 뒤 검찰청에 파견되어 4개월 동안 검사 직무대리로 직접 사건을 수사하고 기소하는 일을 맡았다. 날마다 몇 건씩 사건을 처리하려니 경험 없는 연수생으로서는 무척 힘들었다. 특히 증거가 명백한데도 범행을 부인하는 피의자를 만나면 자백을 받아내기 위해 마음이 급해지곤 했다.

이러다 보니 나의 주된 관심사는 어떻게 하면 효과적으로 피의자의 죄를 밝혀 유죄판결을 받게 할 수 있을지로 모아졌다. 억울한 범죄 혐의를 벗겨주기도 했지만, 대부분의 경우 피의자의 유죄 입증에 온 신경이 집중됐다. 나의 집요한 신문에 거짓말을 실토하고 자백하는 피의자들도 종종 보면서, 차츰 피의자가 범죄 혐의를 부인하는 말은 대개 거짓말로 의심하게 되었다.

검사 직무대리 업무가 끝난 뒤에는 법원에서 6개월 동안 국선변호 업무를 맡았다. 구치소에서 피고인을 면담한 다음 법정에서 변호하는 형식이었다. 재판을 맡았던 판사들에게서 여러 번 칭찬을 들을 정도로 꽤 열심히 변호했다.

헤어진 애인의 얼굴에 황산을 부은 피고인을 위해서 병원에 직접 찾아가 피해자의 얼굴에 상처가 없다는 진단 결과를 확인하고 용서를 받도록 한 적도 있다. 이런 과정에서 차츰 검사들의 기소와 구형이 너무 일방적이고 가혹하다는 생각이 들었다. 특히 피고인으로서는 겁이 나서 자백을 피하는 것이고 진술거부권도 보장되어 있는데 검사들은 이를 너무 부정적으로 보는 것 같았다.

그러다가 문득 나 자신에 대하여 적지 않은 당혹감을 느꼈다. 이런 생각은 검사 직무를 할 때 가졌던 것과는 정반대였고, 몇 달 사이 나도 모르게 생각이 완전히 바뀌었던 것이다. 아마도 내가 검사로서 황산을 부은 피고인을 수사했다면 결코 용서하지 않으려고 했을 것이다. 오히려 비열한 행위라며 분개

했을 가능성이 높다.

여기에서 인간에 관해 중요한 통찰 한 가지를 얻었다. 피고인의 죄를 밝혀야 하는 검사 입장에서는 범행 동기나 숨겨진 사연 등 인간적인 면을 보기 어렵고, 반대로 변호사의 입장에서는 엄정하게 피고인의 범죄를 평가할 만한 객관성을 가질수 없는 것이다. 즉, 각자가 처한 '입장'이 '관점'을 결정하는 것이며, 관점에 따라 '판단'이 달라지는 것이다. 여간해서는 이러한 의식적, 무의식적인 심리적 한계를 벗어나기 어렵다. 아무리 성실하고 영민한 검사나 변호사라도 '평범한 판사'보다 사건을 더 객관적으로 보기 어려운 이유가 여기에 있다.

그 무렵 고시 공부하던 손아래 처남이 모처럼 우리 신혼집에 오기로 약속을 했다. 그런데 하필 그날 갑자기 법원에서 회식할 일이 생겼다. 나는 회식에 빠지기도 어렵고 오누이끼리 오붓하게 시간을 보내는 것도 괜찮을 것 같아 별생각 없이 아내에게 집에 늦겠다고 전화를 했다. 그런데 아내가 엄청 화를 냈다. 결혼 뒤 처음 만나는 처남과의 약속을 지키지 않은 데 분노했던 것이다. 말다툼을 하면서 나 역시 화가 잔뜩 났다. 직장일을 이해해주지 않는 아내가 속 좁은 사람 같았다.

하지만 며칠 동안 씁쓸한 냉전(?)을 치르며 아내 입장을 곰곰이 생각해보니 미안한 마음이 들었다. 동생이 시간을 내어 처음 누나의 신혼집에 왔는데 남편이 회식 핑계로 약속을 깨버렸으니 화를 내는 것이 당연했다. 평면적으로 보면 이해되지 않지만 관점이 바뀌니 아내의 반응에 공감이 갔다. 내 '입장'을 벗어나자 '관점'이 바뀌고, 새로운 '판단'이 선 것이다.

그 뒤 결혼 생활이나 재판 업무를 통해 이러한 '입장-관점-판단'의 원리를 자주 체험하였다. 누구도 자기 입장을 벗어나지 않으면 공정한 관점을 갖기 어렵다는 깨달음은 나의 법관 생활에 큰 자산이 되어온 셈이다. 재판할 때마다 내가 지금 관점이 잘못되어 편파적인 판단을 하고 있지 않나 조심스레 살피곤 한다.

하인 둘이 서로 다투다가 황희 정승에게 누가 옳은지 판단해달라고 했다. 그러자 그는 "'두 사람 모두 옳다.'라고 대답했고, 이에 부인이 "그런 대답이 어디 있느냐?" 하고 핀잔을 주자 "부인의 말도 옳소."라고 대답했다. 각자의 입장에 섰을 때 모두 일리가 있다는 말이다. 황희 정승이 가졌던 '삼시론三是論'의 지혜를 조금이라도 배우고 싶다.

현장은 다르다 ———

재판은 법정에서 이루어지는 것이 원칙이지만, 법관이 사건 현장에 가서 상황을 직접 보고 조사할 필요성이 있을 때에는 현장검증을 한다. 현장검증을 하는 사건은 많지 않지만, 법관이 현장을 직접 목격하므로 일반 사건보다 생생한 경험을 할 때가 많다. 그중 기억에 남는 사건 몇 가지가 있다.

초임 법관 시절 형사부 배석판사로 있을 때였다. 외딴집에 괴한이 침입하여 잠자던 여학생을 겁탈하려고 한 사건이 있었다. 피해자는 당시 창문에 비친 가로등 불빛으로 범인의 얼굴을 보았다면서 부근 공장에서 일하던 피고인을 범인으로 지목하였다. 피고인은 그 집 근처에는 가로등이 없다면서 범행을 완강히 부인하였다. 법정 증거만으로는 확인이 되지 않아 현장검증을 하였다.

내가 모시던 재판장은 집과 가로등 위치, 방의 구조까지 꼼꼼히 확인하고, 불도 여러 차례 꺼보았다. 그런데 현장검증이 끝날 무렵 재판장이 불을 다시 끄게 한 다음 철퍼덕 방바닥에 드러눕는 게 아닌가.

"피해자가 누워 있었으니까, 그 높이에서 다시 봅시다."

나도 따라 누우면서 정신이 번쩍 들었다.

'아, 재판은 이렇게 하는 것이구나!'

울산법원에서 근무할 때 일이다. 30대 후반의 원고가 피고의 남편 묘를 옮겨달라는 소송을 제기하였다. 그 묏자리는 원래 자기 할아버지 것이고, 피고의 남편 관 아래에 할아버지가 묻혀 있다는 것이었다. 얼마 전 그 자리에 남편의 묘를 쓴 피고는 황당한 표정이었다. 다툼이 길어지자 원고는 막무가내로 그 무덤을 파보자고 주장했다. 그러나 증거도 없이 유택幽宅을 함부로 파헤칠 수는 없는 것 아닌가. 아무리 생각해도 그 경위를 이해할 수가 없었고, 현장검증밖에 방법이 없었다.

무덤 앞에서 주변 상황을 하나씩 짚어가며 두 사람을 대질하자 차츰 원고 말의 모순점이 드러났다. 원고는 어릴 때 그 부근에 할아버지 묘를 쓴 사실만 기억할 뿐, 바로 그 자리가 할아버지 묘소인지는 정확히 알지 못한다고 실토했다. 피고가 그곳에서 성묘하는 것을 본 어느 친척의 말만 듣고 흥분해서 소송을 제기했다는 것이다. 할아버지의 묘소는 수십 년간 돌보는 사람이 없었던 데다가, 산사태가 나서 그 일대가 파묻힌 사실도 밝혀졌다. 결국 증거 부족으로 원고의 청구를 기각했다.

작년에 옆방 재판부에서도 현장검증으로 강도 사건을 해결하였다. 범행이 일어난 편의점 계산대에 주심판사가 서서 팬티스타킹을 얼굴에 뒤집어썼고 재판장은 그를 찬찬히 바라봤다. 이어 재판장도 팬티스타킹을 쓰자 주심판사가 쳐다봤다. 스타킹을 쓴 피고인의 얼굴을 알아봤다는 편의점 직원의 진술이 유력한 증거였기 때문에 재판부는 그것이 가능한지 확인하려고 한 것이다. 재판부는 "아는 사람이라도 스타킹을 쓰니까 알아보기 어렵더군요." 하며 피고인에게 무죄를 선고했다.

그런가 하면 현장검증이 실패로 끝난 사건도 있다. 버스기사가 보행자를 치어서 사망하게 한 사건이었는데, 그는 줄곧 제동장치가 말을 듣지 않았다고 주장하였다. 마침 그 버스가 그대로 보존되어 있어서 직접 제동장치를 확인해보기로 하였다. 차량이 거의 없는 재개발구역 내의 도로에서 현장검증을 실시하였다. 버스를 운전하다가 급정거를 하여 제동거리를 재는 방법으로 검증하였는데, 운행속도, 제동거리 측정이 어려워서 생각처럼 되지 않았다. 오히려 도중에 운전기사가 공사장에서 나오던 트럭을 보지 못하여 충돌할 뻔한 걸 버스를 급회전시켜 간신히 피했다. 애당초 위험한 버스로 부적당한 사안을 현장검증하려고 한 것이 잘못이었다.

현장검증을 할 때마다 느끼는 것은 서류를 보고 생각하던 것과 실제 현장이 사뭇 다르다는 점이다. 세상에는 온갖 일이 일어나고, 사람들의 생각과 행동은 참으로 다양한 반면 한 사람이 혼자 생각하거나 느끼는 범위는 매우 좁아서 다른 사람의 사정이나 현실을 함부로 판단할 수 없다는 것을 절감한다. 자기 머리와 판단만 믿으면 편견과 오류에 빠지기 쉽지만 열린 마음으로 다른 사람의 상황을 받아들이면 올바른 판단을 할 수 있다. 이것은 비단 재판에만 국한된 것이 아닐 것이다. 다른 사람과 부딪치는 일상에서도 자기 생각을 접고, 직접 '현장검증'을 해서 현실에 맞닥뜨려야 할 때가 종종 있지 않을까?

사건의 두 얼굴 ──

겉으로 보이는 얼굴보다

오히려 숨겨진 얼굴이 더 중요하다.

법원 내에는 법관과 법원 직원이 투고하여 만드는 월간지가 있다. 얼마 전 거기에 실렸던 젊은 법관의 글 일부를 소개한다.

한 피고인이 졸음운전으로 중앙선을 침범해 마주 오던 차량에 탔던 두 사람을 사망케 했다. 피고인은 온순해 보이는 청년이었는데 합의가 안 된 상태에서 변호사가 선임돼 있었다. '변호사 선임료로 피해 변제나 하지.'라고 생각했는데 알고 보니 그 변호사는 장애인이었다. 피고인은 장애가 심한 부인과 결혼해 정성껏 가정을 돌보다가 이 일이 생겼고, 부인을 알던 장애인 변호사가 무료로 변론해주는 것이었다. 다음 기일에 부인이 증인으로 나와 진술했다. 남편이 평소 바쁘게 배달하러 다닌 일. 그날도 수면 부족 상태에서 한 푼이라도 더 벌려고 무리하게 운전을 했다는 사정. 장애인인 자신을 사랑하고 결혼까지 해주어 너무나 고맙고, 차라리 자신이 대신해서 감옥에 가고 싶으며, 남편이 없으면 살 수 없다는 이야기⋯. 그 말을 듣는데 눈물이 주르륵 흘러내렸다. 고개를 돌려 몰래 눈물을 닦고 얼마 지나서야 감정을 추스를 수 있었다.

이 사건은 결국 합의가 안 되어 피고인에게 실형을 선고했는데 법으로는 어쩔 수 없는 일이라 괴로웠다고 글을 맺었다. 이런 안타까운 사건을 재판 과정에서 자주 접한다. 피고인 입장에서 보면 그는 부인에게 꼭 필요한 존재이고, 그가 곁에 없는 동안 부인이 제대로 살 수 있을지 의문이다. 죽은 피해자가 되살아날 수 없으므로 피고인이 계속 돈벌이를 해 피해 변제를 하는 것이 피고인 가족이나 피해자 가족에게 나은 방법일 수 있다. 그런데 피해자 유족 입장에서 보면 가장의 생명을 앗아간 그의 잘못을 용서하기 힘들다. 합의금 지급 등 용서 절차 없이는 도저히 받아들일 수 없는 것이다. 결국 가해자 얼굴을 보면 용서해줄 필요가 있고, 피해자 얼굴을 보면 도저히 용서해줄 수 없는 셈이다.

내가 직접 처리한 사건 중에도 비슷한 이야기가 하나 있다. 남편이 아내를 사기와 문서위조죄로 고소해 아내가 구속됐다. 아내가 남편 몰래 등기권리증과 인감도장을 훔쳐서 아파트 매매 계약을 체결하고 수천만 원의 계약금을 받아 가출한 사건이었다. 아내에게 변명의 여지가 없어 보였다. 그러나 재판 과정에서 밝혀진 사정은 좀 달랐다.

남편은 아내를 상습적으로 때렸는데 아내가 외출하지 못할 정도로 만들어놓은 적도 여러 번인 데다, 경제력이 있어 바람도 여러 번 피웠다. 아내는 자녀들을 생각해 이혼을 포기했으나, 더 이상 고통스러운 결혼 생활을 견딜 수 없어서 독립하려고 아파트를 몰래 처분했던 것이다.

증인으로 나온 남편은 자신의 구타와 부정행위를 일부 인정하면서도 그 정도는 아내가 당연히 참아야 하는 것 아니냐고 했다. 아내가 받았던 계약금을 계약 상대방에게 대신 갚아줄 것을 권고했으나 남편은 아내를 증오하며 거부했다.

이 사건은 표면적으로는 아내의 범죄행위가 명백해 엄한 처벌을 받아야 한다. 그러나 아무런 전과도 없는 평범한 주부가 이런 범죄를 저지른 데에 남편의 책임은 전혀 없을까? 아내를 견디기 힘든 상황으로 몰아간 것은 남편이다. 신의 저울로 두 사람의 영혼을 잰다면 어느 쪽 죄가 더 무거울까? 이 사건은 겉으로 보이는 얼굴보다 그 안에 숨어 있는 얼굴이 더 중요한 요소인 셈이다.

이와 같이 모든 사건에는 두 가지, 아니 여러 가지 얼굴이 있다. 끔찍한 살인 사건도 뒤집어보면 살인에 이르기까지 쌓여온 원한, 오해 등 감춰진 사연이 있다. 재판을 계속할수록 사건의 겉만 보고는 판단하는 것이 아주 어렵고, 겉으로 보이는 얼굴보다 오히려 숨겨진 얼굴이 더 중요하다는 생각이 든다.

이는 심각한 재판에만 국한된 것이 아니다. 우리가 생활하면서 맺는 관계와 그 속에서 생기는 갈등도 마찬가지다. 대개는 자기에게 유리한 사정, 즉 자기 쪽 얼굴만 보려 하고 상대편 사정은 좀처럼 보지 않는다. 갈등이 생길 때 한 걸음 물러나 갈등 아래 있는 다른 얼굴을 살펴보면 전체 사정을 이해할 수 있고, 문제도 보다 쉽게 해결된다.

하지만 이러한 태도는 성숙한 사람에게서만 찾아볼 수 있다. 갈등이 생겼을 때 그 속에 다른 얼굴이 있다는 것을 인정하고, 이를 찾으려 노력한다면 더 성숙한 삶을 살 수 있으리라.

법적 사실과 진실 ——

재판 경험이 쌓일수록 법과 재판제도가

얼마나 불완전한지 절감하게 된다.

몇 년 전 형사재판을 맡았을 때 일이다. 사람을 죽인 죄로 기소된 피고인에게 무죄를 선고했는데, 며칠 뒤 피해자 여성의 아버지로부터 편지 한 통을 받았다. 법정에서 증언하는 동안 어찌나 침착하려 애를 쓰고 분노를 참던지 기억에 남았던 사람이다. 편지 내용은 피고인이 명백한 범인인데 어떻게 그에게 무죄판결을 내렸는지 도저히 이해할 수 없으며, 만약 상급심에서도 무죄가 확정된다면 법이 무너진 이 나라를 떠나겠다는 것이었다.

그 판결은 나 역시 마음이 무겁기 짝이 없었다. 피고인이 범인이라는 심증이 강하게 들어서 구속 만기까지 여러 증거 조사를 하며 애를 썼지만 명백한 증거가 없어 결국 내키지 않는 무죄판결을 했던 것이다.

형사재판에서 유죄를 인정하기 위해서는 '합리적인 의심의 여지가 전혀 없는 정도'의 엄격한 증거가 있어야 한다. 100명의 죄인을 놓아주더라도 단 한 사람도 억울한 누명을 쓰는 일이 없어야 한다는 것이 형사재판의 대원칙이기 때문이다. 그러나 딸을 잃은 아버지에게 법이란 정말 불완전하기 짝이 없는 것으로 여겨졌을 것이다.

민사재판에서도 비슷한 경험을 한 적이 있다. 직장에서 같이 근무하던 두 남녀 사이에서 벌어진 소송이었다. 여자가 남자를 상대로 성폭행에 대한 손해배상을 청구하자, 남자는 여자가 거짓 소문을 퍼뜨려 자신의 명예를 훼손했다며 역시 손해배상 청구를 했다. 재판을 거듭해도 어느 쪽 주장이 사실인지 알 수 없었다. 민사재판에서는 자기주장에 관한 증거를 내지 못하면 지는데 이를 '입증책임'이라고 부른다. 두 사람 모두 입증책임을 다하지 못했다는 이유로 각각 패소 판결을 선고했다. 이 판결은 명백히 상식에 어긋난다. 성폭행 사실이 있든지 없든지 진실은 하나일 텐데 두 청구를 모두 기각함으로써 여자에게는 성폭행 사실을 부정한 셈이 되고 남자에게는 이를 인정한 셈이 되었기 때문이다. 법적 사실과 실제 진실이 일치하지 않는 것이다.

또한 민사소송에 '의제자백擬制自白' 제도가 있다. 원고가 제출한 소장을 받은 피고가 이에 대해 아무런 이의를 제기하지 않고 재판 기일에 출석하지 않으면, 법원은 원고의 주장이 아무리 수상하고 미심쩍어도 피고가 이를 자백한 것으로 간주하여 사실로 인정해야 하는 제도다. 법률상 사실 인정이 강제되는 셈이다.

형사 증거법이 가장 발달한 미국에서도 존 그리샴John Grisham의 소설과 같이 범인의 살인 장면을 가족이 직접 목격했는데도 증거 법칙상 증언의 효력이 없어 범인이 무죄판결을 받는 경우가 종종 발생한다. 아내를 살해한 죄로 기소된 O. J. 심슨O. J. Simpson도 범행 직후 도주 장면이 텔레비전으로 중계될 정도였지만 결정적인 증거들이 증거 법칙상 배제되어 무죄판결을 받았다. 억울한 피고인을 보호하기 위한 증거법 규정을 교묘하게 이용하여 부당한 결론을 이끌어낸 것이어서 증거법을 일부 개정할 필요가 있지만 근본 틀은 바꿀 수가 없다. 한 사건에서 진실을 찾는다는 명목으로 증거 법칙을 무시하면 잇달아 다른 사건에서 무고한 피고인을 유죄로 인정할 위험성이 높아져 피해가 훨씬 더 커지기 때문이다. 더구나 당사자가 거짓 증거를 내고 위증하는 일이 아주 흔한 우리나라에서는 더욱 그러하다.

따라서 법관이 가장 애쓰는 부분은 재판상 나타난 증거를 증거 법칙 내에서 주의 깊게 검토하고 진실을 찾아 법적 사실로 확정하는 작업이다. 대부분의 사건은 이런 과정에서 진실 여부를 확신할 수 있지만, 증거가 부족할 경우 고심할 수밖에 없다. 특히 피해 당사자가 증거를 제대로 내지 못해 재판에서 불리해지면 안타깝기 짝이 없다.

결국 제도적 불완전함과 증거 부족 등의 이유로 법적 사실과 진실이 차이가 나는 것을 피할 수 없다. 이는 법과 재판제도의 한계다. 이런 이유로 재판 경험이 쌓일수록 법과 재판제도가 얼마나 불완전한지 절감하게 된다. 불완전한 인간들이 사는 세상인 만큼, 그 속에서 이루어지는 재판과 법도 불완전함을 면하기 어렵다.

그러나 앞서 편지를 보냈던 아버지에게 이런 설명 따위는 전혀 위로가 되지 않을 것이다. 그저 이해하기 어려운 삶의 불행과 불공평함은 신神의 영역에 속한 것이라고 낮게 고백할 수밖에.

그의 진실은 무엇이었을까 ——

다른 사람을 판단하는 것은 그가 가진 심연의
한쪽 가장자리를 스쳐가는 것에 불과하다.

재판을 하면서 소설보다 더 소설 같은 현실을 만날 때가 있다. 그러나 기묘한 사건이라고 해도 특수한 절차가 따로 있는 것은 아니고, 재판에 나타난 증거에 따라 판결을 내릴 수밖에 없다. 이럴 때 재판에서 숨겨진 진실은 과연 무엇일까 하는 의문이 생긴다. 몇 년 전 만났던 A도 나에게 이런 의문을 남겼다.

40대 중반의 A는 안양천 옆 빈민촌에서 70세가 넘은 노모와 함께 살았다. 그는 막일을 하는 노모가 가끔씩 주는 돈으로 소주를 사 먹으며 지내는 알코올 의존자였다. 어느 날 밤 동생 집에 불이 나서 잠자던 제수와 조카가 죽었다. 두꺼운 천과 목재로 된 비닐하우스 집이었는데, 누군가 방화를 한 것 같았다.

평소 제수와 사이가 나빴던 A가 용의자로 지목됐다. 알리바이도 석연치 않았고 불이 나기 얼마 전에 제수와 말다툼한 사실도 밝혀졌다. A는 경찰에서 처음에는 범행을 부인했으나, 제수와 조카의 시신을 보자 눈물 흘리며 범행을 자백했다. 현장검증을 하면서 집의 문 부분에 불을 붙였다고 범행을 재연했다.

그러나 그는 며칠 뒤 검찰에서 태도를 바꾸어 범행을 부인했다. 자신이 전과가 많기 때문에 사실을 말해도 믿어줄 것 같지 않아 허위로 자백했다는 것이다. 검사는 A를 기소했고, 1심 재판부는 A의 허위자백 주장을 배척하고 방화치사죄를 인정해 징역 15년을 선고했다. 나는 항소심 재판을 맡았는데 A의 범행이 명백해 보였다. A는 무거운 전과가 몇 차례나 있어서 겁먹고 허위로 자백할 사람이 아니었다. 그러나 A는 "나는 어차피 인생을 포기했기 때문에 징역은 겁나지 않지만, 조카를 죽였다고 유죄판결 받는 것은 견딜 수 없다."라고 호소했다.

증거를 하나씩 검토하다 경찰에서 현장검증 과정을 촬영한 CD가 있어서 살펴보았다. 담당 형사는 공정했고, 자백을 강요하거나 유도하는 모습은 전혀 없었다. 오히려 여러 차례 A에게 "지금이라도 범행을 하지 않았으면 안 했다고 말해요."라고 했다. 형사도 A의 자백에 확신을 갖지 못한 것 같았다. 더구나 화재 원인을 조사한 국립과학수사연구소의 감정인은 최초 발화 지점이 A의 말과 달리 문 쪽이 아니라 거실 한가운데라고 증언했다. 화재 직후 부근에서 A를 보았다는 목격자의 진술도 의심스러웠다.

그러나 무죄로 하자니 A가 중한 형벌이 예상되는 상황에서 허위자백을 했다는 점이 납득되지 않았다. 고심하던 중 그의 환경 조사서를 읽다가 실마리가 풀렸다. 그는 최근 두 차례나 자살을 기도했다. 무능력, 알코올 의존증, 노모에 대한 미안함 등으로 고통이 컸던 것 같았다. 국내에는 자료가 없어서 허위자백에 관한 미국 문헌을 조사해보니 다양한 사례가 있었다. 자신의 무가치함에 대한 절망감에서 스스로 자신을 처벌하기 위해 허위로 범죄를 자백하는 경우가 있고, 특히 자살 시도 경험이 있거나 피해자가 가까운 친지일 때 이런 경향이 더높다는 연구가 있었다.

A도 조카의 참혹한 시신을 본 순간 자백했다는 점에서 그럴 가능성이 높았다. 오랜 생각 끝에 A에게 무죄를 선고했다. 경찰, 검찰, 1심 재판부의 유죄 판단도 충분히 근거가 있었지만, 형사법 원칙상 조금이라도 의심스러우면 피고인에게 유리한 판결을 하는 것이 옳다는 생각에서였다.

그 뒤 나는 그곳 재판부를 떠났는데, 어느 날 그 사건의 주심을 맡았던 판사로부터 전화를 받았다.

"부장님, A를 기억하시지요? 그가 자살했다고 합니다."

A는 무죄로 풀려난 뒤 스스로 목숨을 끊었던 것이다.

그 순간 망치로 머리를 한 대 맞은 것 같았다. 법정에서 더듬거리며 말하던 그의 야윈 얼굴이 떠올랐다. 인간 내부에 있는 끝 모를 심연의 어둠을 마주한 기분이었다. 재판 과정에서 그토록 무죄를 주장하던 그의 간절함과 절절한 노력이 허망하게 느껴졌다. 나는 그를 웬만큼 이해했다고 생각했는데, 그 재판은 사건의 껍데기만 다룬 것 같았다. 정의와 공평을 이룬다며 애써서 하는 재판이 삶의 진실에 얼마나 가까운 것인지 혼란스러웠다. 다른 사람을 판단하는 것은 그가 가진 심연의 한쪽 가장자리를 스쳐가는 것에 불과하다는 점을 절감했다.

지금도 그를 생각하면 가슴이 아프고, 한편으로는 의문을 떨칠 수 없다. 그의 진실은 과연 무엇이었을까? 방화와 자백과 자살, 그리고 그의 삶 전체에 대해…. 재판을 한다는 것이 참으로 버거울 때가 있다.

사형장의 세 사람 ———

그들이 무슨 죄를 저질렀건

인간으로서 존엄하다는 사실을 잊지 않았다.

1980년 12월 어느 토요일 아침, 나는 서울구치소 사형장의 찬 공기 속에 서 있었다. 사법 연수원생으로 특별 허가를 받아 사형 집행 참관을 하게 된 것이다. 사형장은 구치소 한구석에 있는 낡은 단층 건물이었는데, 사형수를 의자에 묶고 목에 올가미를 건 다음 그 의자를 지하실로 떨어뜨리는 단순한 구조로 되어 있었다.

　검사, 교도관, 신부, 의사가 참석한 가운데 첫 사형수에 대한 집행 절차가 시작되었다. 무겁고 긴장된 시간이 흐른 뒤 교도관들이 죄수복을 입은 창백한 얼굴의 청년을 양쪽에서 붙들고 사형장 안으로 들어왔다. 그는 모든 것을 체념한 듯 조용한 모습이었다. '강도살인'이 죄목이었다. 저렇게 온순해 보이는 사람이 어떻게 살인을 했을까 믿어지지 않았다. 간단한 신분 확인 절차가 끝나자 그는 떨리는 목소리로 피해자에게 진심으로 사죄하며, 어머니께 죄송하고, 신앙을 전해준 교우들에게 감사하다고 유언했다. 몇몇 교도관은 눈물을 흘렸다. 교도관이 그의 얼굴에 가리개를 씌우고 의자에 앉히면서 공포감을 줄이기 위하여 '할렐루야'를 계속 외치라고 했다. 그날의 사형수들은 모두 천주교 영세를 받은 신자들이었다. 그의 외침은 잠시 뒤 '덜컹!' 하는 소리와 함께 사라졌다. 한 인간의 목숨이 끊기는 것이라고 하기에는 너무나 간단했다.

두 번째 사형수는 40대 여성이었다. 남편을 독살한 죄였다. 사형장에 들어올 때부터 몸을 와들와들 떨면서 흐느끼더니 앞의 청년과 비슷한 모습으로 죽음을 맞았다. 울음 섞인 '할렐루야' 소리에 그녀의 공포감이 처절하게 배어 있었다.

마지막 사형수를 기다렸다. 검사와 교도관 모두 지치고 힘든 모습이 역력했다. 그런데 갑자기 밖에서 힘찬 찬송가 소리가 들리는 것이 아닌가. 30대 중반의 남자가 교도관과 함께 들어섰다. 앞서 온 사람들보다 훨씬 밝고 씩씩해 보였다. 그의 죄목 역시 강도살인이었다. 신앙을 가진 뒤 포악한 성품이 바뀌어 전혀 다른 사람이 되었다고 한 교도관이 귀띔해주었다. 다른 사람들을 돌보며 기쁘게 사는 모습에 오히려 교도관들이 큰 감화를 받았다고 했다. 얼굴에서 죽음에 대한 두려움은 찾아볼 수 없었다.

"오늘 천국으로 가게 되어서 정말 좋습니다. 교도관님들 모두 하느님을 믿으시기 바랍니다."

그는 다가올 죽음이 마치 가벼운 여행이라도 되는 듯 유언을 했다. 삶에 대한 회한이나 죄책감을 정리한 평화로움마저 느껴졌다. 올가미가 목에 걸린 마지막 순간에도 "저 먼저 갑니다. 안녕히 계세요."라고 담담히 말했다.

그의 가톨릭 대부代父인 나이 지긋한 교도관은 눈물을 펑펑 흘렸고, 나 역시 솟구치는 눈물을 참을 수 없었다. 그 순간 그는 그 자리에 있는 누구보다도 순결한 사람임에 틀림없었다. 그럼에도 '과거'의 죄 때문에 '현재' 정결해진 사람의 생명을 빼앗는 것이 정당한가? 법이 무엇인가? 인간의 존엄이란 무엇인가? 그리고 그를 그렇게 변화시킨 힘은 무엇이었을까?

의사의 시신 검사와 사망 확인을 끝으로 사형 집행 절차가 모두 끝났다. 식사를 같이 하자는 검사의 제안을 뒤로하고 구치소 정문을 나서다 위 세 사람을 돕던 가톨릭 신도 여러 명이

기다리는 모습을 보았다. 모두 안타깝고 슬픈 표정이었다.

서울역까지 혼자서 걸었다. 죄와 벌, 법, 죽음, 믿음에 관한 혼란으로 가슴이 터질 듯했다. 마지막 절규인 '할렐루야' 소리가 귓전에서 맴돌았다. 죽음을 앞둔 공포감 속에서도 자신의 잘못을 진실하게 뉘우치며 피해자에게 사죄하고, 심지어는 기쁨까지 표현한 세 사람의 행동에 관하여 '존엄'이라는 말 외에 달리 표현할 길이 없었다. 그들은 비록 사형을 피할 수 없을 만큼 끔찍한 범죄를 저질렀지만, 마지막 순간 교수대 앞에서는 사죄와 감사함을 통하여 인간으로서의 존엄함을 보여주었다. 인간은 진실로 존엄한 존재라는 사실이 가슴에 사무쳤다. 내가 받은 충격의 근원은 귀하고 존엄한 인간이 같은 인간에 의해 법의 이름으로 생명을 빼앗겼다는 점이었다.

내가 당시 할 수 있었던 것은 그러한 상념이 정리될 때까지 그날 일을 홀로 마음에 담아두기로 결심한 것이 전부였다. 그 뒤 법관이 되어 재판을 하면서도 그날 일을 잊을 수 없었다. 살인범 등 흉악 범죄자도 여러 차례 재판했지만, 그들이 무슨 죄를 저질렀건 인간으로서 존엄하다는 사실을 잊지 않았다. 다만 그들이 자신의 존엄함을 모르고 있다는 점이 안타까울 뿐이었다.

그로부터 17년이 지난 1997년 겨울, 문득 가슴에 홀로 간직했던 이야기를 할 때가 되었다는 생각이 들었다. 특히 동료 법관들과 함께 이 체험에 관하여 생각을 나누고 싶어 몇 차례 이야기했다. 인간의 존엄함에 대하여 깊이 공감하는 사람도 있었지만, 범죄 예방을 위하여 사형제도가 필요하다는 단순한 이론으로 응수하는 사람도 있었다. 이럴 때 '체험 없는 이론'이라는 것이 얼마나 공허한 것인지 절감하였다.

지금도 나는 인간의 존엄성과 사형에 대하여 어떻게 해결해야 할지 답을 얻지 못하고 있다. 다만 그 겨울날 사형장의 세 사람을 생각하면 새삼 가슴이 아려온다. 인간의 존엄성과 죽음에 대한 이 짧은 증언이 세상에 전해지는 것을 그들도 허락하리라는 믿음으로 이 글을 쓴다.

베토벤의 재판 ────

베토벤이 느낀 고통이

내가 느끼는 고통과 같은 것이구나.

악성 베토벤의 대표작 하면, 일반적으로 〈합창〉과 같은 교향곡을 든다. 하지만 정신적인 깊이와 아름다움에서 '후기 현악 4중주곡'을 최고로 치는 사람도 적지 않다. 이 곡들(op. 127, 130, 131, 132, 135)은 우주로 쏘아 올린 '미래를 위한 타임캡슐' 로켓에 인류의 대표곡으로 선정되어 실리기도 했다. '후기 현악 4중주곡'은 베토벤이 죽기 전 4년에 걸쳐 작곡했는데, 전문가들은 다음과 같이 평한다.

"듣고 있노라면 눈에 보이지 않는 커다란 손이 가슴을 꽉 움켜쥐는 듯한 벅찬 감동을 느낀다. 맑고 투명한 깨달음의 경지, 해방자적인 밝음과 깊은 정신적 내용, 종교적 정화, 가장 심오한 침묵과 명상이 담긴 유언의 음악이다."

이 곡들은 들으면 들을수록 절절한 감동이 느껴진다. 특히 마음이 헝클어졌을 때 듣노라면 마음이 차분하고 깨끗해지는 느낌이 든다. 네 개의 현악기가 어울려 내는 소리는 내 마음속 갖가지 상념과 감정이 어우러져 흐르는 것 같고, 한참 듣다 보면 마치 베토벤과 오랜 친구처럼 버거운 삶의 문제를 함께 이야기하는 듯한 느낌에 사로잡히기도 한다.

문득 이 곡들을 작곡했을 때 베토벤이 어떻게 살았는지 알고 싶어졌다. 이처럼 심오한 음악을 만들 당시 그의 내면은 얼마나 깊고 풍성했을지 궁금했던 것이다. 그런데 그의 전기를 읽으면서 뜻밖의 사실을 알게 되었고, 처음 품었던 기대가 여지없이 무너졌다.

베토벤은 작고 단단한 몸집에 얼굴은 심한 곰보였다. 그는 알코올 의존자인 아버지에게서 학대를 받고 자란 탓에 늘 사람들에게 무시당하고 사랑받지 못한다고 느꼈다. 또 내성적이면서도 자존심이 강해 사람들과 마찰이 잦았다. 청각장애가 심해지면서부터 성격은 더 괴팍해졌고, 이후 남은 삶을 깊은 고독과 고통 속에 지냈다.

그의 삶에서 특히 나의 관심을 끈 것은 45세부터 50세까지 계속된 치열한 법정 다툼이었다. 그의 동생 카스파는 죽으면서 아들 카를의 공동 후견인으로 아내 요한나와 베토벤을 지정했다. 그런데 베토벤은 제수인 요한나를 미워한 나머지 그녀가 절도범이라는 이유를 내세워 후견인 취소 재판을 걸었다. 베토벤이 승소하여 단독 후견인이 되었지만 이번에는 요한나가 그를 상대로 후견권 박탈 소송을 제기했다. 두 번의 기각 판결 뒤에 세 번째 소송에서 요한나가 승소함으로써 카를은 요한나의 품으로 돌아갔다. 이에 베토벤은 다시 항소하여 승소했고, 요한나의 상고가 기각되어 5년에 걸친 재판이 완결되었다.

베토벤이 이기기는 했으나 이 재판은 애초부터 그의 부당한 편견과 불신, 집요한 고집에서 출발한 것이었다. 그는 요한나가 동생을 살해했다고 믿고 근거 없는 모함까지 불사할 정도였다. 조카 카를도 삼촌의 집요한 간섭에 반발하여 자살을 기도하기까지 했으니 그의 병적인 집착이 어느 정도였는지 짐작이 간다. 이뿐만 아니라 베토벤은 상당한 구두쇠여서 돈에도 무척 인색했다.

당시에 베토벤은 편집광적인 정서 상태에 빠져 있었고, '후기 현악 4중주곡'은 위 소송이 끝날 무렵 작곡했다. 요사이 법정에서 보면 자기 독선에 빠져 일방적인 주장을 하면서 상대방을 괴롭히는 못된 사람들이 있는데, 베토벤이 바로 그러한 부류에 가까웠던 것이다.

그러나 '후기 현악 4중주곡'을 계속 들으면서 이러한 실망감이 점차 다른 느낌으로 바뀌는 것 아닌가. 베토벤의 인간적 부족함을 알고 나니 오히려 이 곡이 더 생생하게 다가왔다.

'베토벤도 나와 같이 치졸한 면이 있는 보통 사람이구나! 음악에 나타난 고통의 흔적이 내가 느끼는 고통과 같은 것이구나!'

남에게 잘못된 행위를 한 사람이 동시에 영혼을 감동시키는 위대한 음악을 만들 수 있다는 사실에서 사람의 폭과 가능성을 새롭게 보았다.

모든 사람에게는 평범해 보이는 겉모습 안에 심오한 내면의 세계가 있다. 따라서 다른 사람의 행동만 보고 그의 사람됨을 함부로 판단해서는 안 된다. 이러한 이치는 다른 사람보다도 특히 자기 자신을 바라보는 데에 더 절실히 필요하다. 사람은 누구나 자신의 문제와 씨름하면서 살아간다. 이때 외적으로 실패하고 잘못을 했더라도 이에 굴복하지 않고 내면의 세계를 지키고 다듬는 노력이 필요하다. 베토벤 또한 삶에서 부딪힌 고통을 이기며 내면의 소리에 따라 작곡을 계속했기에 감동적인 작품을 탄생시킨 것이리라. 그가 이 곡을 통하여 우리에게 주는 메시지는 이런 것이 아닐까.

"그대의 잘못을 돌이켜 실망하지 말고, 그대 속에 감추어진 내면의 힘을 믿으라. 고통의 한가운데를 뚫고 나아가며 위대함을 바라보라."

실패에서 배우라 ————

실패에서 배운다면 이미 실패에서

승리의 첫걸음이 시작된다.

나는 전쟁사를 즐겨 읽는다. 세상에서 가장 참혹한 것이 전쟁이지만, 한편으로는 사람과 물자와 지략, 정보가 총동원되어 목숨을 걸고 겨루는 것이기에 그 전개 과정이 정말 흥미진진하다. 전쟁사에는 사람의 용기와 두려움, 판단, 그리고 우연 등 온갖 문제가 어우러져 승리와 패배의 원인과 과정이 그대로 드러난다. 국가나 회사의 실패를 분석하는 '실패학'이 각광받는 이때에 전쟁사야말로 실패학의 보물 창고라고 할 수 있다. 이런 보물 창고에서 찾은 이야기 두 편을 소개한다.

러시아의 명군인 표트르 대제Pyotr I 는 스웨덴의 찰스 12세와 앙숙이었는데, 1700년 찰스 12세와의 첫 전쟁에서 네 배의 병력을 갖고도 참패했다. 러시아는 그 뒤 여러 차례의 전쟁에서 단 한 번도 이기지 못했다. 심지어는 완전히 포위를 하고도 찰스 12세의 거짓 공격에 놀라 겁을 먹고 도망치기도 했다. 그러나 표트르 대제는 절망하지 않고 패배의 원인을 연구했고, 적의 약점이 보급에 있음을 알아내 일부러 장기전을 펼쳤다. 반면 찰스 12세는 러시아군을 깔보며 우크라이나까지 진출했다가 결국 폴티바에서 보급이 끊기고 말았다.

적군의 약점을 노린 표트르 대제가 9년 만에 첫 승리를 거뒀다. 표트르 대제에게는 유일한 승리였고, 찰스 12세에게는 단 한 번의 패배였으나 이로써 전쟁은 끝났다. 표트르 대제는 패배에서 배웠고 승리만 했던 찰스 12세는 배울 기회가 없었던 것이다. 찰스 12세가 단 한 번이라도 패한 적이 있었더라면 그렇게 허망하게 몰락하지는 않았을 것이다.

1942년 8월, 6천 명의 연합군 특공대가 프랑스 항구도시 디에프Dieppe를 기습 침공했다. 그러나 이틀 만에 병사 3분의 2가 희생되는 참패를 당했다. 상륙 지점부터 상륙정의 구조까지 치밀하게 세운 상륙 계획이 현장 상황과 전혀 맞지 않았기 때문이다. 연합군은 엄청난 타격을 입었지만 실패 원인을 분석하여 상륙작전을 근본적으로 혁신했다. 2년 뒤에 벌어진 노르망디 상륙작전은 모두 이 개선 방안에 기초한 것이었다. 어느 장군은 "디에프에서 죽은 한 병사가 노르망디에서 열 명의 생명을 구했다. 이는 승리보다 값진 실패였다."라고 평가했다. 반면에 히틀러는 프랑스 해변에서의 승리를 과신했고, 이는 뒷날 노르망디 방어에 실패하는 결정적인 원인이 되었다.

실패에서 배운다면 이미 실패에서 승리의 첫걸음이 시작된다. 반면 승리에 계속 취해 있으면 개선의 기회를 잃어버려서 결국 혁신된 적에게 패하고 만다. 즉, 실패에서 배운 자가 최후에 승리하는 것이다.

삶은 자기 운명과의 지속적인 싸움이다. 실패는 괴롭고 때로 엄청나게 고통스럽지만 삶에서 피할 수 없다. 오히려 실패를 맛보지 않고는 사람이 성장할 수 없는 법이다. 실패의 결과는 쓰지만 삶을 가꾸는 귀한 영양분이 될 수 있다. 실패하더라도 이를 기꺼이 받아들여 배우고, 실패에 대한 태도를 바로잡아 나간다면 마침내 승리한다. 따라서 우리가 진정 두려워할 것은 실패가 아니다. 실패에서 아무것도 배우지 못하는 것을 두려워해야 한다. 그래서 실패했을 때 나는 이렇게 다짐한다.

"이 실패가 최종적인 것이 아닌 한, 이것에서 배우면 된다. 그것으로 충분하다."

인간은 어떤 존재인가 ———

인간은 방향을 결정하여
과정을 살아가는 존재다.

어느 피고인이 판결 선고를 앞두고 두꺼운 노트 한 권을 제출하였다. 그 안에는 피고인의 자작시가 적혀 있었는데, 서정미에 비장미까지 느껴지는 상당한 수준이었다. 내 일기장에 옮겨놓았던 〈어머니〉라는 시의 일부를 적어본다.

어머님 사랑은 / 나무뿌리와 같아 / 눈으로 볼 수 없으나 / 늘 상록수 잎만 보면 / 변함없는 어머님의 사랑 / 확인할 수 있습니다.

어머니에 대한 미안함과 그리움을 가득 담은 시가 몇 개 더 있었던 것으로 기억된다. 그러나 이 피고인은 인질강도죄를 저질러 보호감호까지 청구된 상습 강도범이었다. 시인과 흉악범, 시심詩心과 도심盜心, 어울리지 않는 조합이지만 틀림없는 한 사람의 모습이었다.

한 친구가 사색이 된 얼굴로 찾아왔다. 깨끗한 인품과 따뜻한 마음으로 주변에서 존경을 받는 사람이었고 나 자신도 여러 가지 마음 씀씀이를 배워온 터였다. 그러나 힘겹게 꺼내는 그의 말을 듣고 내 귀를 의심하지 않을 수 없었다. 나이 어린 여직원을 성폭행하여 고소를 당하였던 것이다. 그것도 순간적인 실수가 아니라 상당한 고의가 있었다. 법률적 조언을 해주고 돌려보냈으나 오랫동안 흙탕에 빠진 것 같은 충격에서 벗어날 수 없었다.

법관 생활을 하면서 궁극적으로 하나의 문제에 천착해왔다는 생각이 든다.

'인간은 어떤 존재인가?'

형사사건은 말할 것도 없고 이혼 사건과 민사사건에서도 각양각색의 다툼과 인간상을 보면서 결국에는 이 물음에 이르곤 했다. 지금까지 내가 찾아낸 해답을 정리하면 다음과 같다.

첫째, 인간에게는 누구나 양면성이 있다. 선한 면과 악한 면, 신성神性을 가진 존재임과 동시에 수성獸性에 지배되는 동물이기도 하다. 혁명적 박애주의를 제창하여 많은 사람을 변화시켰지만 자신은 여전히 정부情婦와의 관계를 끊지 못했던 톨스토이의 이중성(그 자신도 이것을 자학적으로 혐오하였으나 끝내 이기지 못하였다.), 극심한 도박벽으로 재산을 탕진하면서도 신을 믿으며 불멸의 소설들을 써낸 도스토옙스키의 분열된 자아, 앞의 강도범과 내 친구 역시 양면성을 가졌다.

둘째, 인간은 매우 약한 존재다. 누구나 양면성 사이에서 싸움을 하는데 이기기가 쉽지 않다. 한번 이겼더라도 잠시 방심하면 계속해서 악성의 지배에서 벗어나지 못한다. 내면에서 욕망과 번뇌가 그치지 않는다. 사랑, 기쁨, 인내, 자비 등 지혜와 미덕을 얻는 사람은 매우 드물고, 삶 내내 유지하기도 어렵다. 마더 테레사가 임종이 가까웠을 때 믿음이 흔들리며 악마의 공격에 몹시 괴로워하여 구마제의驅魔祭儀(마귀를 쫓는 의식)를 치렀다는 사실도 약한 인간성을 증명한다. 자기 자신이 강하고 모든 일을 통제할 수 있다고 믿는 사람은 자신을 잘 모르는 사람이다.

셋째, 그러나 인간은 방향을 결정하여 과정을 살아가는 존재다. 비록 비틀거리더라도 약한 걸음걸이로 자기 직관을 다하여 한쪽 방향을 향해 나아간다. 양면성 가운데 신성을 좇는 사람은 이상과 가치, 의미, 자기 향상의 방향을 선택한다. 그렇지 않은 사람은 무의미, 쾌락, 자기 폐쇄 쪽으로 삶이 흘러간다. 달리 표현하면 삶의 향상을 위하여 노력하는 방향과 삶을 포기하는 방향이라고도 할 수 있다. 노력하지 않으면 인간은 낮아지고 천해질 수밖에 없기 때문이다.

이렇게 보면 흉악범이나 성직자 모두 양면성 사이에서 고군분투하는 약한 존재라는 점에서 큰 차이가 없다. 다만 차이가 나는 것은 어느 방향을 바라보고 살아가는가에 있다. 상습 범죄자나 인격 파탄자는 그 방향이 절망을 향해 있기 때문에 스스로 자기 삶을 파괴하는 것이다. 나 자신도 아주 약한 사람에 불과하지만, 법정에서 스쳐 지나가는 그들을 잠시라도 붙잡아서 그들이 향하는 방향에서 돌려 세워 나와 같은 방향으로 데려가고 싶은 마음으로 오늘도 내 일에 임한다.

우리의 인식은 얼마나 정확한가 ———

재판 과정에서 명백한 물증은 없고 목격자의 증언만 있을 때가 종종 있다. 이런 때는 그 증언을 믿는지의 여부가 판결의 결과를 좌우한다. 이처럼 중요한 증언의 신빙성에 관하여 직접 겪은 사례 두 가지를 소개한다.

서울가정법원에 근무할 때였다. 아내가 남편을 상대로 이혼을 청구했는데 쟁점은 남편의 구타 여부였다. 아내는 남편이 자주 폭행했다고 주장했고, 남편은 폭행 사실이 모두 아내의 조작이라고 펄쩍 뛰었다.

쌍방의 증인을 한 사람씩 채택하여 같은 날 조사했다. 먼저 아내의 언니가 증언대에 올랐다. 그녀는 이전부터 동생의 몸에서 멍든 자국을 여러 번 보았으며, 특히 동생이 집을 나오던 날은 처가 식구들이 있는데도 제부가 동생을 심하게 때리는 것을 직접 보았다고 진술했다. 증인은 증언하면서 눈물을 참지 못했고, 남편의 주장은 거짓임이 명백한 것 같았다. 이어서 남편의 여동생이 증언을 시작했다. 그녀도 그날 부부가 다투는 것을 보았는데 오빠는 폭행으로 고소당할까 봐 손가락 하나 대지 않았고 오히려 올케한테 머리를 뜯겼다고 했다. 돈 잘 버는 올케가 다른 남자가 생겨 이혼할 구실을 만들려고 누명을 씌운다는 것이었다. 그녀에게서도 진심으로 억울해하며 비통해하는 심정이 그대로 느껴졌다. 풋내기 법관으로서는 참으로 당황스런 경험이었다. 사실은 하나일 텐데 '진실해 보이는' 두 사람이 서로 정반대 진술을 하고 있으니 말이다.

두 번째 사례는 몇 해 전 법심리학회 모임에서 경험한 일이다. 법률가와 심리학자 등 30여 명이 모인 자리였다. 진행자가 3분 길이의 동영상을 보여주면서 '농구공의 패스 횟수'를 세어보라고 했다. 남녀 여섯 명이 좁은 방에서 농구공 두 개를 가지고 번갈아 패스하는 모습을 보면서 횟수를 열심히 세었다. 동영상이 종료되자 그는 참석자들에게 패스 횟수를 물었으나 횟수가 워낙 많아서 이를 끝까지 센 사람은 없었다. 그러나 다음 질문은 전혀 뜻밖이었다.

"이 화면에서 고릴라를 보셨습니까?"

30명 중 두 명만이 보았다고 대답했다.

화면을 다시 돌려보았다. 이번에는 당연히 고릴라가 주 관심사였다. 놀랍게도 1분쯤 지났을 때 공을 패스하는 사람들 가운데로 시커먼 고릴라 한 마리(물론 사람이 고릴라 가죽을 쓴 것)가 천천히 걸어가는 게 아닌가. 그 시간이 20초 이상 된 것 같았다. 이전 화면에서 고릴라를 보지 못했다는 사실을 도저히 믿기 어려웠다. '인식'에 대한 철학적 의문이 들지 않을 수 없었다.

인지 이론에 의하면 인간은 시각적으로 모든 면을 동시에 인식할 수 없기 때문에 자기의 고유한 논리적 추론을 통하여 인식 대상 전체를 보충하고, 무의식적으로 빈 곳을 채운다고 한다. 즉, 자기 관심에 따라 선택적으로 보는 셈이다.

나는 큰 충격을 받았다. 증언에 대한 절대적 신뢰 없이는 판결이 어려운데 인간의 인식이 이렇게 부정확할 수 있다는 것을 보고 놀라지 않을 수 없었다. 이를 법원 전자 게시판에 올려 동료 법관들에게 알려주자 모두 놀랍다는 반응이었다.

인간의 인식이 정확하지 않다는 것을 알고 나면 첫째 사례의 의문도 풀린다. 아내가 집을 나오던 날 아마도 부부 사이에 상당한 실랑이가 있었을 것이다. 그런데 그 뒤 이혼이 문제되면서 친지들끼리 모여 그날 일을 이야기하다 격앙되어 반대편만 비난하다 보니, 자연히 상대 잘못은 크고 자기네 잘못은 없는 것으로 믿게 된 게 아닐까. 결국 과거의 '사실'이 자기들끼리 나누는 '말'대로 변형되어 '실랑이'가 '심한 구타'나 '누명 씌우기'로 변하는 것이다. 이혼소송에서 친지들이 유달리 정반대 증언을 하는 이유가 여기에 있다.

목격자가 일단 범인을 지목하고 나면, 검찰과 법원에서 진술을 거듭할수록 범인임을 더욱 확신하게 되는 것도 말 자체에 인식의 내용을 결정하는 힘이 있기 때문이다.

재판을 하면서 점차 판단을 서두르지 않고 어떤 주장에도 담담히 거리를 두는 습관이 생겼다. 인간이 얼마나 약하고 부족한 존재인지 알았기 때문이다. 꼭 재판이 아니어도 인간의 인식, 그 인식에서 나온 말은 얼마나 부정확한가. 이 점만 잊지 않아도 인간관계에서 겪는 수많은 갈등과 상처를 피할 수 있을 것이다.

대도를 위한 변명 ———

회개를 하여도 오랜 습벽은
남을 수 있다.

대도大盜 조세형이 일본에서 절도를 하다가 경찰관의 총을 맞고 현장에서 체포되었다는 뉴스를 들었다. 오랜 감옥 생활을 끝내고 새사람이 되어 생활하는 그의 모습이 혼탁한 사회에 귀감이 되었던 만큼 실망 또한 컸다. 이 사건으로 인간의 범죄성과 회개에 대하여 다시 생각하게 되었다.

대도 조세형. 그의 인생 역정은 상습 범죄자의 전형을 보여준다. 어릴 때부터 교도소를 드나들기 시작하여 징역만 30년 넘게 살았다. 주로 부잣집 담을 넘어가 물건을 훔치는 것이 장기였는데, 일본에서 저지른 범행도 동일한 것이었다. 15년 전 교도소 탈주를 시도한 이후에는 독방에서 햇볕까지 차단당하며 고통스러운 수형 생활을 하였다.

그러던 그가 예수를 믿으며 새사람이 되었다는 소문이 나면서 1998년 감옥에서 출소하자 갑자기 명사가 되었다. 교회마다 그를 초빙해 신앙간증 집회를 열었고 살아 있는 성자 대접을 받았다. 사회에서도 그를 모시기에 바빴다. 방범 경호업체의 고문이 되는가 하면 경찰관들 앞에서 특강도 하였다. 결혼하여 아이도 낳았다. 그는 회개한 상습 범죄자의 인간 승리라는 신화가 되었다.

이러한 사연이 있었기에 그의 재범 소식은 더욱 안타까웠다. 옛날과 동일한 수법으로, 그것도 일본에서 절도 범행을 저지른 것을 어떻게 이해할 것인가? 그의 참회가 거짓이었을까? 그의 내면을 다 알 수는 없지만 수용실의 고독에서 신앙적인 깊은 체험을 하였을 것이다. 인간은 고통 속에 있을 때 신앙적인 눈이 열리는 법이니 말이다.

그러나 신앙적 회개만으로 상습 범죄자의 절도벽이 항상 해결되는 것은 아니다. 회개란 삶의 방향을 새롭게 하여 새 패러다임으로 살아가겠다는 각성을 의미하는데, 이런 경우에도 오랜 습벽은 남는다. 담배를 끊기로 굳게 결심하지만 며칠 못가 다시 피우는 것과 마찬가지 이치다.

절도는 그의 생활 방식 자체이자 유일한 직업 기술이었을 지도 모른다. 전과자의 범죄 습벽은 중독성이 있는 정신적 질병 차원에 해당하기 때문에 장기간의 훈련과 세밀한 환경 적응으로 그 심리 인자가 바뀌어야 극복이 가능하다. 그는 심리적인 각성을 하였으나 전인격적으로 훈련할 기회는 갖지 못하였다. 더구나 일생 처음으로 맛본 사회의 환대는 감옥에서의 각성마저도 희미하게 만들었던 것 같다. 그러다 낯선 일본에서 익명성에 잠기는 순간 잠자던 도벽이 터져 나와 왕년의 솜씨를 과시하듯 다시 담을 넘었던 것이리라.

이번 사건의 비극은 회개와 절도 습벽의 치료를 구분하지 못한 채 그를 정상인으로 대한 데 있다. 그에게 도벽 치료에 필요한 시간을 충분히 주지 않고 무대로 마구 끌어낸 우리 사회의 경박함에도 책임이 있다.

그렇게 보자면 그가 재범을 저지른 것은 별로 충격적인 일이 아니다. 상습 범죄자의 갱생 과정에서 흔히 일어나는 일이고, 일회성 회개만으로 범죄 습벽이 고쳐지지 않는다는 냉엄한 사실을 보여준 것이다.

전과자는 사회의 차가운 냉대와 아울러 자신의 오랜 범죄 습벽과 싸워야 하기에 혼자 힘으로는 일어나기 어렵다. 가까운 사람들의 꾸준한 도움이 절대적이다. 조세형은 이런 도움을 충분히 살리지 못하고 밖으로만 돌았기 때문에 실패한 것 아닐까. 이 사건은 조세형으로 상징되는 전과자들이 심리적으로, 사회적으로 얼마나 어려운 형편에 있는지 잘 보여준다. 그와 같은 명사도 저렇게 쓰러지는데, 새롭게 살려고 애쓰는 이름 없는 이들이 안팎으로 겪을 신고辛苦는 얼마나 크겠는가.

후회와 자책감에 대하여 ───

밖에는 꽃이 피고
바람이 불고 있다.

유 선생님, 아침 바람이 제법 쌀쌀합니다. 요사이 좀 평안해지셨는지요? 지난번 헤어질 때, '그날' 이전으로 돌아갈 수만 있다면 무슨 일이라도 하겠다는 선생님의 말이 가슴에 무겁게 남았습니다.

4년 전, 병원에 입원하였던 30대 여성이 의료사고로 식물인간이 되었고, 그 후 재판이 벌어져 일부 책임을 지라는 판결이 내려졌다지요. 무엇보다도 그녀의 두 아이가 떠오를 때마다 자책감에 견딜 수 없고, 우울증까지 심해져서 병원을 그만두는 바람에 경제적으로도 어렵다고 하셨지요. 후회와 자책감에 괴로워하는 선생님의 모습이 너무 안타까웠습니다.

'내가 왜 그랬을까?', '내가 그때 정신이 나갔던 것 아닐까?' 하는 회한에서 벗어난 적이 하루도 없다고 하셨지요. 정도 차이는 있겠지만 이런 경험이 없는 사람은 없을 겁니다. 근본적으로 사람은 실수하고 잘못을 저지르는 존재 아닐까요? 저 역시 살아갈수록 나 자신이 부족하고 연약하기 짝이 없는 존재임을 절감합니다. 잘못된 행동을 많이 했음에도 그럭저럭 넘어간 것은 내가 잘해서가 아니라, 오히려 다른 사람의 도움이나 행운 덕이지요. 실수는 삶에서 숨 쉬는 것만큼이나 자연스러운 것이 아닐까 합니다.

이번 사건도 본질적으로는 '하나의 실수'입니다. 불행하게도 그 결과가 엄청나게 커진 것뿐이지요. 하나의 실수는 고의가 아닌 한, 딱 그만큼의 무게로 받아들여야 합니다. 극단적인 예이지만 돈이 꼭 필요한 사정이 생겨서 처음 도둑질을 했다가 잡혔다고 합시다. 이것은 상습적으로 하는 도둑질과는 질적으로 다릅니다. 한 번의 실수 때문에 '나는 도둑놈'이라면서 평생 괴로워한다면 얼마나 어리석은 일일까요? 선생님은 한 번의 실수 때문에 나락으로 떨어질 존재가 아닙니다. 성실하고 친절한 의사로 정평이 나 있던데 이러한 장점을 왜 무시하십니까?

선생님, 지나친 자책감은 이기심과 같은 뿌리에서 나온다고 생각합니다. 양심적인 사람일수록 자책감을 크게 느끼지만, 계속 자책하는 것은 자아에 사로잡혀 있기 때문입니다. 자신만 생각하고 자신에 갇혀서 밖을 못 보는 것이지요.

마르틴 부버 Martin Buber 는 말했습니다.

내가 죄를 지었는가, 안 지었는가 해봐야 무슨 소용이 있는가? 똥을 이리 쓸고 저리 쓸고 해봐야 똥은 똥이다. 충분히 속죄하지 못했다고 자신을 줄곧 괴롭히는 사람은 자기 운명만 걱정하는 사람이다. 세상에는 두 가지 사람이 있다. 자기만 생각하는 오만한 사람과 세상을 걱정하는 겸허한 사람. 자기를 생각하지 않는 사람에게는 모든 열쇠가 주어져 있다.

유 선생님, 피해자에게 최선을 다해 책임을 지셨으니까, 이제는 자신에 대하여 책임을 지셔야 합니다. 자신과 가족을 위하여 스스로를 회복시켜야 합니다. 실수의 결과가 아무리 크더라도 자신을 용납하고 회복시키는 것보다 더 크지는 않습니다.

어떻게 식물인간을 되살릴 수 있겠습니까? 인간의 한계

내에서 환자에게 할 일을 다한 것으로 여기고 자신을 용서해야 합니다. 자책과 번민의 어두운 쳇바퀴를 박차고 밖으로 뛰어나오세요. 밖에는 꽃이 피고 바람이 불고 있습니다. 진정한 책임은 자신의 생명과 에너지를 타인과 세상으로 향할 때 이루어집니다. 세상에는 선생님을 원하는 사람이 아주 많습니다. 틈틈이 무의촌이나 달동네에서 봉사 활동이라도 한다면 얼마나 많은 사람이 도움을 받을까요.

유 선생님, '나는 누구보다도 양심적으로 살았는데, 왜 이런 내가 이 고통을 겪어야 하나?' 생각되고 화가 난다고 했지요? 이는 삶의 신비에 대한 근원적 문제입니다. 모든 일은 우연이 아니라 필연이라고 생각해본 적이 없으신지요? 저는 모든 일에는 불필요한 것이 하나도 없고 하늘의 뜻이 숨겨져 있다고 믿습니다.

부조리하게 보이는 사건이나 자기 실수로 일어난 불행한 일에도 사실은 우리 삶을 보다 나은 방향으로 이끌려는 하늘의 뜻이 있는 것 아닐까요. 고통의 체험이 큰 지혜를 주고, 삶을 바꾸어줍니다. 저는 고통을 겪고 나서 뒤돌아보았을 때 이전보다 나 자신이 더 나아졌다는 사실을 깨닫곤 합니다.

의미 있는 삶을 위하여 지금 힘든 싸움이 찾아온 것인지 모릅니다. 안락한 생활인에서 용감한 전사戰士로서 보다 깊은 삶을 살라고 말입니다. 조금만 더 견디어내십시오. 희망이 밤눈처럼 찾아올 테니까요.

성장 ── 진실과 갈등의 깊은 숲을 지나

그들이 마주했던 어둠의 깊이를 우리는 헤아릴 수 없지만
그 꽃의 아름다움과 향기는 알 수 있다.
그 꽃으로 인하여 얼마나 많은 사람이
도움을 받고 희망을 키워가는가!

서두르지 않을 것, 집중할 것 ──

무슨 일이나 다 그렇지만 내가 익혀온

들일, 산일의 가장 중요한 요령은

결코 서두르지 않을 것, 집중할 것, 이 둘이다.

지난 구정 연휴 때 가까운 두 사람과 연달아 시간을 보냈다. 구정에는 동생과 지냈다. 동생은 작년에 전라북도 순창으로 귀농하였다. 서울에서 연이은 사업 실패로 고생을 심하게 하다가 마침내 시골 마을에 정착하였다. 자금이 부족하여 땅을 구하는 데 애를 먹어서 옆에서 지켜보면서 걱정이 많았다.

오랜만에 본 동생은 얼굴이 보기 좋게 그을렸고 건강해 보였다. 제수는 허리에 탈이 나서 몇 달간 큰 고생을 하였다. 하지만 두 사람 모두 표정이 밝고 편한 느낌이었다. 특히 초보 농부로서 꼭 지켜야 할 원칙이 있다는 말이 재미있었다.

"작업 목표를 정하지 말고, 하는 만큼만 하고 나머지는 내

일, 모레로 미루어야 해요. 그렇지 않으면 병이 나요."

그런데 도시에서 온 사람들은 누구나 예외 없이 이 원칙을 잘 지키지 못한단다. 목표로 한 일을 꼭 마치려고 무리하다가 여러 날 누워 지내는 사람이 많다고 한다.

다음 날에는 M과 둘이서 북한산을 걸었다. 그는 40대 후반의 먼 친척이고, 내가 멘토 역할을 해온 데다 대학도 후배여서 각별하게 지내왔다. 대기업의 기획실 임원으로 맹활약을 하던 중 작년 초에 건강에 심각한 이상이 생겼다. 온갖 검사로도 원인을 알 수 없는 심한 두통과 우울증까지 생겨 직장 생활을 계속하기가 어려워졌다. 입사 동기 중에서 가장 빨리 임원이 될 정도로 능력을 인정받았지만 한편으로는 끊임없이 쫓기는 회사 업무에 너무 힘들어했다. 사실 대기업의 핵심 임원은 밤낮 구분이 안 될 정도로 쫓기고 긴장을 풀 수 없는 생활의 연속인 듯하다.

회사는 그에게 휴직을 권고하였지만 그는 더 이상 회사에 다닐 자신이 없어서 아예 퇴사하였다. 그 후 대학원에 들어가 이전부터 하고 싶었던 철학 공부를 시작하였는데, 오랜만에 보니 얼굴이 아주 좋아졌다. 공부 한 가지에만 집중하니까 세상이 새롭게 보이고 내면이 성장하는 느낌이 들면서 어느새 극심했던 두통도 사라졌다는 것이다.

삶의 틀을 새롭게 바꾸어 기쁘게 사는 두 사람에게서 공통점이 한 가지 보였다. 상황에 쫓기지 않고 근본적인 느긋함을 누리고 있다는 점이다. 두 사람이 고민이 없을 리가 없다. 동생은 돈이 부족하여 앞으로 농사일을 어떻게 할지 계획을 세우지 못하고 있다. M은 아내가 직장 생활을 하여서 당분간은 버틸 수 있지만, 한창 아이들 교육비가 들 때라 걱정이 많았다. 앞으로 언제 무슨 일을 시작할지 은근히 고민이 큰 것 같았다. 그럼에도 두 사람은 일상적인 삶의 기쁨과 만족감을 잃지 않는 듯하였다. 그 이유는 무엇일까? 생활의 고민보다 앞서는 것이 '삶의 기본적 태도'라는 생각이 들었다.

삶의 태도에 관하여 일본의 시인 농부인 야마오 산세이山尾三省가 울림이 큰 말을 남겼다. 그는 도쿄에 살다가 일본 최남단에 있는 야쿠 섬으로 이사하여 그곳에서 죽을 때까지 25년간 살았다. 그 섬은 제주도의 5분의 1 크기인데 비가 많이 와서 원시림이 울창하고 수령 7,300년 된 삼나무가 있는 곳이다. 그는 가족과 함께 농사를 지으면서 자연의 순리에 따라 사는 삶의 방식에 관하여 글을 여럿 남겼다.

무슨 일이나 다 그렇지만 내가 익혀온 들일, 산일의 가장 중요한 요령은 결코 서두르지 않을 것, 집중할 것, 이 둘이다. 이 두 가지 균형이 무너지지 않는 한 어떤 일을 해도 그 작업은 한없이 즐겁다. 그 작업을 통해 나는 내 속에서 피어나기를 간절히 바라고 있는 생의 근원적인 충동, 곧 생명의 충족감과 내밀함을 손에 넣을 수 있다.

그는 오전에는 시를 쓰고, 오후에 농사를 지었다. 수입이 변변치 않아서 경제적으로는 항상 쪼들리는 생활이었다. 하지만 그의 글에는 맑은 샘물 같은 생명력과 기쁨이 넘쳐난다. 그의 말처럼 서두르지 않는 것과 집중하는 것이 생명의 충족감을 느끼는 유일한 방법 아닐까.

구정 때 만난 두 사람의 변화도 이런 삶의 태도와 연결되어 있는 듯하다. 이렇게 할 때 마음이 더 깊어지고 강건해지는 것이다. 신속함과 효율성을 앞세우는 시대일수록 이런 두 가지 태도가 오히려 더 중요할 것 같다. 두 사람의 밝은 모습을 보면서 나의 태도에 관하여도 곰곰 살피게 된다.

고난을 대하는 세 가지 태도 ———

인생의 축복은

고난의 얼굴을 하고 찾아온다.

나이 들어가는 것이 힘들기는 하지만, 좋은 점도 여러 가지가 있다. 그중 하나는 우리 삶의 맥락을 조금씩 더 이해하게 된다는 점이다. 이는 나이가 들면서 친구나 직장 동료, 친지 등 지인들의 사는 모습과 생활의 결과를 직접 보고, 그 과정에서 삶의 흐름을 자연스럽게 느끼기 때문인 듯하다. 그중에서 가장 인상적인 것은 고난이 닥쳐왔을 때 이를 겪어내는 모습이 사뭇 다르다는 점이다.

누구나 살면서 견디기 어려운 고난을 만난다. 중병, 가난, 불명예, 심지어 죽음을 마주하기도 한다. 이런 일이 생길 때 사람들의 태도는 크게 세 가지로 나뉘는 것 같다.

첫째는 고난 앞에서 무기력하게 무너지는 유형이다. 두려움에 사로잡혀 삶의 방향과 의욕을 잃고 쓰러지는 사람을 여럿 보았다. 항상 쾌활하고 에너지가 넘치는 기업가가 있었다. 아주 건강하고 박식하여 늘 모임을 주도하는 사람이었는데 암에 걸리자 이를 받아들이지 못한 채 극심한 우울증을 앓다가 세상을 떠났다. 겉으로 보이던 활력은 그 뿌리가 없었던 것일까. 우리 사회의 높은 자살률은 이런 유형과 관련이 있을 것이다.

둘째는 고통의 시간이 지나가기를 기다리며 견디어내는 유형이다. 시간이 지나며 고통이 약해지고 상황이 바뀌면서 이전의 생활로 돌아오는데, 고난으로 인한 별다른 마음의 변화가 없는 사람이 많다. 우리 대부분이 이 유형에 해당될 것이다. 이 과정에서 술이나 약, 극단적 활동 등으로 고통을 회피하는 사람들도 있고, 내면이 굳어지거나 위축된 채 살아가는 사람들도 적지 않다.

셋째는 고통을 겪으며 오히려 한 걸음 더 나아가 성장하는 사람들이 있다. 고난을 직면하여 받아들이고 그 의미를 생각하며 자신을 단련하여 마음이 변화된 사람들이다. 고난이 오히려 충만한 삶의 기회가 되는 것이다.

성격이 까칠하고 자기중심적이어서 사람들이 싫어하던 친구가 있었는데, 큰 사건이 발생하여 구속되고 재판까지 받게 되었다. 꽤 오랜 시간이 지나서 사건이 끝났는데, 이 일을 겪으면서 그는 완전히 다른 사람이 되었다. 전에 볼 수 없던 겸허함과 따뜻함이 느껴져서 주변에 사람들이 모여든다.

어떤 사람은 고난 속에서 성장을 하고, 어떤 사람은 아무런 지혜도 얻지 못하는 이유가 무엇일까? 사람들의 이러한 차이는 어디에서 생기는 것일까? 고난 속에서 좋은 변화를 이끌어내는 힘을 '회복력'이라고 부르는데, 이를 깊이 연구한 심리학자 조지 보나노George A. Bonanno는 "회복력은 삶에서 뜻있는 목표를 세우고 자기 주변에 자신이 영향력을 미칠 수 있다고 믿으며, 인생의 부정적인 경험까지도 이를 통하여 배우고 성장할 수 있다고 믿는 것에 달려 있다."라고 말한다. 회복력은 무엇보다도 삶의 목표와 믿음에서 나오는 것이며, 이는 닥쳐온 고난을 어떻게 받아들이느냐의 문제라는 것이다. 결국 고난이 얼마나 크냐가 문제가 아니라, 어떤 태도로 대하느냐가 중요하다. 사람마다 겪어야 하는 고난의 질과 양도 다르지만 이에 대한 태도가 삶을 결정하는 것이다.

내 주변에 이렇게 변화된 사람들이 여럿 있다. 이들은 이

전에 다소 가볍거나, 교만하던 성품이 변하여 밝고 겸손해졌고, 무엇인가 깊어졌다는 느낌을 준다. 그들이 고난을 겪지 않았더라면 아마 이런 성품을 갖추지 못하였을 것이다. 이런 변화야말로 삶의 축복 아닐까. 인생의 축복은 고난의 얼굴을 하고 찾아온다. 고난을 피할 것이 아니라, 새로운 삶의 초대장으로 받아들일 필요가 있다.

고통 속에서 피어난 꽃 ──

2005년 6월 29일은 삼풍백화점 붕괴 사건이 일어난 지 꼭 10년 되는 날이었다. 그날 한 일간신문에 '삼풍 참사 10주년, 꽃 피운 삼윤장학회'라는 제목의 짧은 기사가 실렸다. 삼윤장학회는 삼풍 참사 때 세 딸을 잃은 정광진 변호사가 그다음 해에 세 딸의 보상금과 사재를 털어 세운 장학 재단이다.

그의 장녀인 고故 정윤민 씨가 당시 국립맹학교 교사로 일했기 때문에 학교 학생을 대상으로 설립되었고, 세 딸의 이름을 합하여 장학회 이름을 '삼윤'이라고 정했다. 이 장학회는 해마다 4,200만 원을 맹학교 학생들에게 전했고, 지금까지 880명이 그 혜택을 받았다고 한다.

삼풍 참사 때 나는 서울고등법원에 근무하고 있어 바로 눈앞에서 현장을 목격했다. 붕괴 현장의 참혹함과 생사 확인을 하려는 가족들의 필사적인 몸부림, 더딘 구조 작업으로 애를 태우던 안타까운 마음까지 지금도 생생하다.

며칠 뒤 정 변호사가 세 딸을 한꺼번에 잃었다는 소식을 들었다. 생명보다 소중한 세 딸을 동시에 잃은 슬픔과 고통을 무엇에 비할 수 있을까? 그 뒤 정 변호사가 딸들을 기리며 장학회를 설립했다는 이야기를 들었다. 그는 깊고 어두운 고통을 겪으면서도 오히려 남을 위해 장학회를 세우고 10년 동안이나 이 사업을 이끌어왔다.

이 느낌은 성북동의 길상사를 찾았을 때 받았던 감동과 비슷했다. 길상사는 원래 대원각이라는 유명한 요정이었는데, 주인인 김영한 여사(법명 길상화吉祥華)가 1천억 원이 넘는 재산을 법정 스님에게 증여하여 도심 속의 사찰로 거듭난 곳이다. 7천 평에 이르는 경내에는 40여 채의 작은 집이 있는데 모두 기도처로 사용한다.

어떤 이는 가장 세속적이었던 곳이 영적 중심지로 변화된 것을 가리켜 '진흙에서 피어난 연꽃'이라고 표현하기도 했다. 이곳에 들를 때마다 서울 한복판이라는 사실을 잊을 정도로 숲이 우거지고 그윽하여 마음이 평안해진다. 숲속 여기저기에서 편안한 모습으로 거니는 사람들을 보면 한 사람의 선행이 얼마나 많은 사람에게 기쁨을 주는지 새삼 느낀다.

유흥 장소가 청정도량으로 바뀐 모습에서 물物이 아니라 마음心이 문제임을 깨닫기도 한다. 김 여사는 길상사 개원 법회에서 "평생 어리석게만 살아왔는데 이 일을 해서 정말 마음이 편하다."라고 말했다고 한다. 격변의 시대에 혼자 힘으로 대규모 요정을 경영한 그녀는 질곡의 세월을 살았을 것이다. 80세가 넘어 외로운 삶을 정리하면서 남긴 것이기에 그녀의 인사말이 범상치 않게 들린다.

살아가면서 어둠을 겪지 않는 사람은 없을 것이다. 아무 잘못 없이도 환경이나 상황 때문에 어두운 경험을 할 수밖에 없는 사람도 있다. 비록 삶의 어둠은 피할 수 없지만 이에 대한 반응은 사람마다 제각각이다. 고통을 겪으면서 오히려 더 단단해지고 성숙해지는가 하면, 고통으로 상하고 파괴되기도 한다.

필립 얀시Philip Yancey는 고통에 대하여 "우리를 멈춰 세워 우리로 하여금 다른 가치를 생각하게 만드는 초월의 소리"라고 했다. 일부러 고통과 어둠을 찾을 필요야 없겠지만 우리 삶에 불가피하게 찾아오는 어둠은 정면으로 마주해야 한다는 말이다. 사람은 고통을 겪으면서 용기, 희생, 너그러움, 긍휼함과 같은 덕목을 배워 마음이 넓어진다. 고통은 현금이 아닌 금괴와 같아서 당장은 사용할 수 없고 쓸모없어 보이지만, 이것이야말로 사람의 영혼을 진정으로 부유하게 하는 보물이다.

삼윤장학회와 길상사는 어둠에서 벗어나 세상을 향해 새로운 발걸음을 내디딘 두 분의 마음에서 피어난 꽃이다. 그들이 마주했던 어둠의 깊이를 우리는 헤아릴 수 없지만 그 꽃의 아름다움과 향기는 알 수 있다. 그 꽃으로 인하여 얼마나 많은 사람이 도움을 받고 희망을 키워가는가! 때때로 이런 꽃향기를 맡을 수 있기에 세상살이가 아무리 험할지라도 살 만하다는 생각이 든다.

잊을 수 없는 증인 ──

그녀는 작고 약한 외모 안에

진정으로 위대한 힘을 가진 사람이다.

재판을 하다 보면 참 많은 사람을 만난다. 선량한 사람, 교활한 사람, 진실한 사람, 거짓말쟁이 등 다양한 사람을 보면서 인간성에 대하여 희망을 갖기도 하고 실망하기도 한다. 이러한 만남 가운데 오래전에 법정에서 증인으로 만났던 한 여성을 잊을 수가 없다. 단 한 번 만났지만 그녀가 보여준 기품과 용기는 감동적이었다. 마음이 혼란스럽거나 우울해질 때면 그녀를 생각하며 다시 힘을 얻곤 한다.

그녀는 자신이 겪은 끔찍한 사건에 관해 증언하려고 법정에 출석했다. 남편이 그녀 몰래 여섯 살, 네 살 된 두 딸에게 독극물이 든 우유를 먹여 절명하게 했던 것이다. 남편 자신도 남은 우유를 마셨으나 목숨을 건졌고 살인죄로 재판을 받았다.

동반 자살 사건으로 인한 재판이 가끔 있지만, 이 사건은 피해자가 어린 자매라 더욱 안타까웠다. 그녀가 재판부에 제출한 편지와 두툼한 일기는 더욱 가슴 아팠다. 남편은 고아에다 전과자였는데 그를 눈여겨본 갱생보호위원이 그녀에게 소개를 해주었다. 그녀는 선천적인 장애가 있어서 결혼을 포기했지만 그의 소박함에 끌려 마음을 바꾸었다. 결혼 초기에 그들은 주위의 도움으로 문방구를 꾸려 근근이 살았다. 그런데 그가 신부전증에 걸리고 그녀 역시 척수염이 심해지면서 문방구를 처분했다. 이후 지하 셋방에 살면서 정부 보조금과 친지들이 주는 돈으로 연명했다. 그사이 연이어 태어난 딸들이 부부의 유일한 기쁨이었고 남편도 딸들을 끔찍이 아꼈다.

그녀에게도 딸들은 삶의 전부였다. 하지만 그사이 남편은 여러 번 실망스러운 일을 저질러 그녀를 힘들게 했고, 애정도 이미 사라져버렸다. 그녀의 일기장에는 두 딸의 출생 때부터 죽기 전날까지 같이 지낸 일상과, 딸들이 세상을 돕는 훌륭한 사람으로 자라길 기도하는 내용이 적혀 있었다. 잡지에서 오려 붙인 시구(詩句)도 붙어 있었다. 세 모녀가 재미있게 이야기하고 깔깔대며 뒹구는 모습이 눈에 선했다. 그녀는 힘든 생활에서도 결코 희망을 잃지 않았다. 남편을 대신해 돈을 벌기 위하여 불편한 몸을 이끌고 기술 학원에 다니고 있었다.

그러나 남편은 시간이 갈수록 살아갈 자신감을 잃고 두려움에 빠져 딸들과 동반 자살을 결심했다. 딸들이 자기처럼 비참한 삶을 살 바에야 차라리 일찍 세상을 떠나는 것이 낫겠다고 생각한 것이다.

피고인 신문이 끝난 후, 재판부 직권으로 그녀를 증인으로 채택했다. 형량을 정하기 위해서였다. 법정에 나온 그녀는 예상보다 몸이 훨씬 더 불편해 똑바로 걷지도 못했다. 심장병과 척수염, 류머티즘으로 날마다 여러 종류의 약을 먹고 있어서 몸을 움직이기가 힘들다고 했다.

증언대에서 그녀는 딸들을 살릴 수 있다면 자기 목숨이라도 바치겠다고 흐느꼈다. 그러나 곧 눈물을 거두고 차분한 태도로 남편에 관하여 증언했다. 처음에는 분노로 남편을 죽이고 싶었다고 했다. 이제는 더 이상 남편과 살 수도 없고 애정도 전혀 없지만, 재판부에 편지를 낸 이유는 남편이 '정당한' 판결을 받도록 하는 것이 옳을 것 같아서라고 했다. 남편이 아이들을 미워해서 죽인 것이 아니라 아이들이 세상에서 받을 고통을 덜어주기 위해 죽게 한 것이며, 잘못은 남편의 '세상에 대한 두려움'에 있다고 했다. 그러고는 약한 남편에게 가벼운 형을 주어 한 번이라도 사람답게 살 기회를 주면 좋겠다고 증언을 끝맺었다.

수척한 얼굴로 띄엄띄엄 말하는 모습에서 그녀가 겪은 극한의 절망과 분노, 연민까지 읽을 수 있었다. 이 세상 누가 그녀보다 더한 고통을 겪을 수 있을까? 그럼에도 고통을 넘어서서 원망스럽기만 한 남편을 위해 스스로 법원에 편지를 내고 증언을 했다. 이런 마음이야말로 인간이 가질 수 있는 진정한 의미의 책임감이자 배려일 것이다.

지독한 가난 속에서 중병을 앓으면서도 희망을 잃지 않고 아이들을 밝게 키워온 그녀 내면의 힘. 이것이 삶에 대한 진정한 용기 아닐까? 인간의 가치는 결코 외적인 능력에 달린 것이 아니라는 사실을 새삼 깨달았다. 그녀야말로 작고 약한 외모 안에 진정으로 위대한 힘을 가진 놀라운 사람이었다.

그녀는 주어진 삶을 어떻게 살아야 하는지를 나에게 온몸으로 깨우쳐준 스승이었다. 나는 지금까지 그녀처럼 '훌륭한' 사람을 만난 적이 없다고 감히 고백한다.

이 의자의 주인공은 누구일까요? ——

영웅을 갖지 못한 사회는

미래로 나갈 자원이 없는 사회다.

긴즈버그Ruth Bader Ginsburg 대법관이 2020년 사망하였을 때 많은 미국인들이 슬픔에 잠겼다. 몇 년 전 그녀가 폐암 수술을 받고 재판 기일에 참석하지 못하자, 이 사실이 주요 뉴스로 보도될 정도로 사람들의 관심을 받던 그녀였다. 그녀는 1993년 대법관이 된 후 27년간 재직하였는데 전기와 다큐멘터리는 물론, 오페라광인 그녀의 이름을 딴 오페라까지 제작되었고, 얼마 전에는 젊은 시절 법정 투쟁을 그린 영화도 나왔다. 그녀는 법복을 입을 때 자보jabot라고 하는 앞섶에 턱받이처럼 두르는 밴드칼라를 하였는데, 이를 패션 스타일로 따라 하는 사람들도 생겼다.

키 155센티미터의 85세 할머니에 대하여 왜 이렇게 열광했던 것일까? 하버드 로스쿨에 다니다가 남편이 암에 걸리자 자기 공부를 뒤로 미루고 밤새워 남편의 노트를 정리해준 사람, 로스쿨을 수석 졸업하고도 여자라는 이유만으로 대법원의 재판 연구원과 로펌 지원에서 탈락된 사람, 여성권리 보호단체를 설립하고 여성의 권리에 관한 기념비적인 대법원 판결을 여럿 받아낸 사람, 수줍어하고 공로를 다른 이에게 돌리는 사람, 남편이 죽을 때까지 56년간 행복한 결혼 생활을 보낸 사람, 암 수술을 세 번 받고도 굴하지 않고 밤을 새워 사건 처리에 몰두한 대법관… 이처럼 그녀의 삶이 다채로우면서도 소박하고 용기로 가득 차 있기 때문일 것이다.

그런데 그녀의 인기에는 개인적 매력 말고도 사회적으로 깊은 이유가 있다. 다민족 국가인 미국은 단일 문화가 없었기 때문에 사회적 문제를 해결할 권위 있는 주체가 필요하였고 이를 연방대법원이 맡아왔다. 대법원이 선고하는 판결의 위력은 대단하다. 수사 절차의 원칙이 된 미란다법칙(피의자를 체포할 때 진술거부권과 변호인 선임권 등 피의자의 권리를 알려야 하는 법칙)이나, 흑인에 대한 분리 교육을 위헌으로 선언하여 흑백 교육 통합제도를 시행하도록 한 것은 대법원 판결의 힘이었다. 대법원은 사회의 흐름을 바꾼 역사적 판결을 내리면서 미국을 이끌어왔고, 종신직인 대법관은 가장 명예로운 공직으로 여겨진다.

나는 오래전 워싱턴의 대법원을 방문하였을 때 이를 직접 경험하였다. 대법원 청사를 둘러보는 프로그램이 있었는데, 안내자가 20여 명의 방문객을 법정으로 이끌었다. 법대에는 대법관 의자 아홉 개가 놓여 있었고, 각 의자의 크기가 들쑥날쑥한 것이 특이했는데, 각자의 체격에 맞추어 제작되었기 때문이란다. 그런데 안내자가 각 의자를 가리키면서 이렇게 묻는 것이었다.

"이 의자의 주인공은 ○○○주 출신이고, ○○○ 일을 하다가 ○○년에 대법관이 되었고, ○○○ 판결을 주도하였으며, ○○○ 판결에서 소수 의견을 내었습니다. 이 의자의 주인공은 누구일까요?"

놀랍게도 방문객들이 아홉 명의 이름을 다 맞추었다. 그만큼 시민들이 대법관에 대하여 잘 알고 있었던 것이다. 기념품 가게에서는 마치 연예인인 양 대법관들의 개인 사진, 그룹 사진이 팔리고 있었다.

이처럼 국민과 가깝고, 존경을 받는 미국 대법원이 부럽기 짝이 없다. 존경받는 영웅을 가진 사회는 희망이 있는 건강한 사회다. 영웅과 현자賢者는 업적이나 자질이 뛰어나야 하겠지만, 한편으로 인물을 알아보고 존경할 줄 아는 시민의식이 존재할 때에만 탄생할 수 있다. 긴즈버그나 미국 대법원이 장점만 가진 존재는 결코 아니다. 긴즈버그도 생전에 때때로 말을 잘못하여 구설수에 오른 적이 있고, 대법원도 역사적으로 과오를 저지른 적이 여러 번 있었다. 결점이 있지만 이를 덮고도 남을 만큼 인품과 장점이 뛰어난 사람에 대하여 그를 인정하고 존경해줄 때 건전한 권위가 생기고, 이것이 사회적 자원으로 변한다. 영웅은 개인 차원에 그치는 것이 아니라, 그가 보여주는 가치와 방향을 따르고 존중하겠다는 공동체적 의미가 더 큰 것이다.

우리 사회는 사람의 장점을 인정하는 데 너무 인색하고, 결점을 찾아내고 비난하는 데 지나치게 빠르다. 우리에게 인물이 나오지 못하는 이유가 여기에 있다. 지금 우리는 영웅에 목말라 있다. 영웅을 갖지 못한 사회는 미래로 나갈 자원이 없는 사회다. 사회가 인물을 만들고, 인물이 사회를 이끌어가는 그런 모습을 보고 싶다. 긴즈버그와 같이 사랑받는 영웅이 우리에게도 나타나기를 간절히 바란다.

어느 피고인이 준 선물 ——

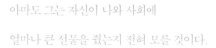

아마도 그는 자신이 나와 사회에

얼마나 큰 선물을 줬는지 전혀 모를 것이다.

"판사님, 저를 기억하실지 모르겠는데요. ○○○라고 합니다. 10년 전에 남부법원에서 재판을 받은….”

법원 현관 안내실에서 건네받은 수화기 너머의 음성은 사뭇 조심스러웠다. 그는 나에게 재판을 받은 피고인이었다. 해마다 나에게 연하장을 보내주었을 뿐 아니라, 특별한 사연도 있어서 그를 기억하고 있었다.

그는 폭력행위죄로 구속되어 공범들과 같이 재판을 받았다. 징역형 전과가 여러 번 있는 상습범이지만 순박한 인상이었고, 무엇보다 범죄의 책임을 남에게 미루지 않았다. 그 사건은 주동자가 징역형을 면하기 어려워서 공범들이 서로 책임을 미루기 바빴지만 그는 별말이 없었다.

그런데 고등학생인 그의 큰딸이 편지를 보내왔다. 내용은
이랬다. 그는 초등학교를 중퇴했고, 노동판과 노점상 등을 전
전했다. 성격이 급해 자주 싸움을 했는데 부인을 만난 뒤부터
는 마음을 잡고 착실하게 살았다. 딸 둘을 낳았고, 장사도 잘되
었으나 부인이 얼마 전 죽었고 그 뒤 다시 나쁜 사람들과 어울
리기 시작했다. 그렇지만 딸들을 정말 사랑하니까 이번에 용
서받으면 틀림없이 좋은 아빠로 돌아오리라는 것이었다.

증거 조사 결과 그는 주범이 아니었고 상당한 배상금을 공
탁했다. 최근 몇 년간 아무런 잘못도 하지 않았고 무엇보다도
그에게는 사랑하는 두 딸이 있어서 용서해주고 싶었다. 그러
나 여러 번의 폭력행위 전과가 문제였다. 재범 위험이 없다는
확신이 필요했다.

나와 같이 근무하던 입회계장은 올곧고 신중한 성품이었
다. 생각 끝에 그에게 피고인의 환경을 조사해보라고 부탁했
다. 당시에는 판결 전 조사제도가 없었다. 며칠 동안 피고인이
사는 동네에 가서 비밀스럽게 살피니 그는 과거를 청산하고
열심히 장사하며 생활해왔고, 명절이면 양로원에도 찾아가는
등 주위의 평판이 아주 좋았다.

한편 나는 그의 큰딸에게 그가 쓴 글이나 관련 자료를 제출하라고 하였다. 직접 쓴 글을 보는 것이 그를 이해하는 데 좋을 것 같아서였다. 세금 영수증과 감사장 등 생활 관계 서류와 일기, 편지가 여러 장 제출됐다. 불우한 과거에 대한 연민, 딸들을 잘 키우려는 결심, 아내에 대한 감사와 그리움을 쓴 편지도 있었다. 자료를 보니 확신이 들었고, 그에게 집행유예를 선고하여 석방했다. 그는 전혀 예상하지 못한 듯 깜짝 놀란 표정이었다.

잠시 그에 대한 회상을 하고 있는데, 그가 내 방으로 들어왔다. 그의 큰딸과 함께였다. 그는 50대 중년의 평안한 모습이었고 큰딸도 단아한 모습이었다. 나는 기억이 전혀 없지만, 내가 판결을 선고하며 그에게 이런 말을 했단다.

"피고인은 여러 번 실수했지만 점점 좋은 사람이 된 것 같아요. 책임을 회피하지 않는 태도와 큰딸의 편지를 보고 피고인을 믿고 싶어졌습니다. 다시는 실수하지 마십시오."

10년 동안 이 말이 그에게 사는 힘이 됐다고 한다. 특히 내가 자기 편지를 읽었다는 사실이 정말 고마웠다고 한다. 10년이 지나면 자신이 잘 사는 모습을 나에게 보여주기로 결심을 하였기에 이렇게 찾아온 것이라고 했다.

법관 생활을 하면서 이때처럼 당황한 적이 없다. 내가 깊은 생각 없이 건넨 몇 마디가 한 사람에게 그런 영향을 미치다니! 그 말을 기억해준 그의 순수함과 진실함이 놀라울 뿐이었다. 마치 곧고 깊은 거목巨木을 보는 것 같았다. 말은 듣는 사람이 어떤 마음으로 받아들이느냐에 따라 재창조된다는 사실을 절감했다. 그에게 진정으로 고마웠다. 재판관과 피고인 사이가 아니라, 인간과 인간이 진심으로 맺어졌다는 감동은 내게 최고의 선물이었다.

그런데 그 일로 끝나지 않았다. 그 무렵 형사재판을 할 때면 나는 형량을 정하는 데 늘 애를 먹었다. 형사 기록에 피고인의 환경과 사정을 알 수 있는 정상관계 자료가 거의 없었기 때문이다. 경찰의 피의자신문조서에 형식적으로 기재된 몇 줄이 전부였다. 그나마 그대로 믿기도 어려웠다. 문득 "편지를 읽어줘서 고마웠다."라는 그의 말이 떠올랐다. 피고인이 자기에 대해 직접 쓴 글과 객관적인 증빙서류를 볼 수 있다면 형량을 결정하는 데 큰 도움이 될 것 같았다.

즉시 문서 양식을 만들었다. 피고인이 직접 가족관계, 학교와 직업, 재산, 자신의 성격, 장래 계획 등을 자유롭게 쓰고 학교생활기록부, 세금 영수증, 계약서 등 이를 증명할 자료를 첨부하도록 했다. 이것은 간단한 문서지만 형량을 정하는 데 매우 중요한 자료가 되었다. 언론에 보도되면서 이 문서를 사용하는 법원이 늘어났고, 그 뒤 '정상관계 진술서'라는 명칭으로 대법원예규에 규정되어 정식재판 절차의 일부로 자리 잡았다.

이 서류로 형사재판의 양형이 훨씬 충실해졌다. 아마도 그는 자신이 나와 사회에 얼마나 큰 선물을 줬는지 전혀 모를 것이다. 이런 말을 하면 오히려 펄쩍 뛰며 부끄러워할 것이다. 연말에 올 그의 편지가 기다려진다.

살아 있다 ———

자기만을 위하면 아무리 거창한 일을 해도
의미가 생기지 않는다.

그는 시청에서 30년간 근무해왔고 별 볼일 없는 부서에서 과장으로 일하고 있었다. 민원인이 신청한 서류 문구를 트집 잡아 퇴짜를 놓거나, 도장이나 찍는 무료하기 짝이 없는 생활이었다. 아내와 사별하여 아들 부부와 같이 지내지만 아들은 그의 퇴직금에만 관심을 갖고 있었다.

어느 날 병원에 갔다가 자신이 말기암 상태이고, 생명이 얼마 남지 않았다는 사실을 알게 되었다. 그는 놀 줄도 모르고, 술도 못 먹고, 돈을 쓸 줄도 몰랐다. 술집에서 만난 삼류 소설가를 따라 유흥가에도 가보았지만, 지친 삶의 절망감을 이길 수 없었다. 그러다 우연히 만난 젊은 여직원과 이야기를 하면서 그녀의 활기와 생명력에 마음이 움직였고, 자신이 사는 데 너무 겁을 먹었다는 것을 깨달았다. 그리고 마침내 얼마 안 남은 삶에서 한 가지라도 진짜 일을 해보겠다고 결심한다.

그는 사무실에 찾아왔던 달동네 사람들이 생각났고, 처박아두었던 서류 더미에서 그들의 민원 서류를 찾아냈다. 그것은 모기가 들끓는 하수구 시궁창을 어린이공원으로 만들어달라는 진정서였다. 주민들이 오래전부터 요청한 사업이었는데, 일곱 개 부서가 관여된 데다가 별 생색도 나지 않는 일이어서 그 누구도 추진하지 않았다. 그는 공원 건립이 동네 어린이들에게 꼭 필요한 것이라고 확신하고, 해당 부서의 과장을 찾아가 결재 도장을 찍어줄 때까지 자리를 뜨지 않았다. 이곳을 노리던 야쿠자까지 나타나 중단하라고 협박해도 굴하지 않았다.

힘겹게 이 일을 하면서 그는 처음으로 '살아 있다'는 느낌을 가졌다. 직원들은 그가 이상하다고 수군댔지만 아랑곳하지 않았다. 마침내 공원이 완공되자 그는 눈 내리는 밤 공원의 그네에 앉아 나지막하게 노래를 부르다 숨을 거두었다.

이는 일본 영화 〈이키루生きる〉('살다'라는 뜻)의 줄거리다. 삶과 죽음에 관한 고전으로, 우리가 '살아 있다'는 느낌을 왜 갖지 못하는지, 어떻게 하면 이를 회복할 수 있는지를 깨닫게 해

주는 영화다. 근 70년 전 개봉된 영화이지만 오늘의 우리 모습과 조금도 다르지 않고, 인간의 조건과 회복에 관한 원형을 보여준다.

주인공 남자는 원래 심한 무기력증에 빠져 있었고, 말기암 선고까지 받아 더 이상 갈 곳이 없는 절망 상태였다. 그런데 그를 이런 절망에서 일어나게 한 것은 무엇일까? 어린이공원 건립은 별로 큰일이 아니지만, 그에게는 처음으로 의미를 찾은 일이었다. 그 동네 어린이들이 얼마나 좋아할까 생각하자 힘이 절로 났고, 자기도 모르는 열정에 휩싸였다. 마침내 이를 이루면서 난생처음 살아 있음을 느꼈던 것이다.

사람이 변화하는 모양은 여러 가지다. 흔히 절망적 상태에 있는 경우에 심리적 상처를 찾아내 분석하는 상담을 받거나, 항우울제 등 약물 치료를 하거나, 종교를 찾아 위안을 얻으려 한다. 이런 것들은 당사자의 내면을 대상으로 삼아 정리하고 치유하는 방법이다.

그런데 이 영화에서 그는 전혀 다른 방법으로 치유받는다. 그를 변화시킨 것은 그의 내면이 아니라, 그의 외부, 정확히 말하면 그가 하던 일에서 왔다. 이전에는 아무런 관심 없이 지나쳤던 일을 찾아서 그 일의 의미를 깨닫고 이를 위하여 일할 때

'즉시' 치유가 일어난 것이다. 그 동네 어린이들을 위하여 일하기 시작하자 돌연 마른 나무에 불꽃이 피어나듯이 열정이 생겼고, 처음으로 자신이 살아 있다고 느끼게 되었다. 자기가 하는 일의 의미를 깨닫고 다른 사람을 위하여 일하자, 자기도 모르는 사이에 치유가 일어난 것이다.

이처럼 자신이 하는 일이나 행동의 의미는 자신을 벗어나 다른 사람을 위할 때에만 찾을 수 있는 것 아닐까. 가족이나 다른 사람을 돕는 일, 중요하다고 믿는 일을 진정으로 행할 때 의미가 찾아온다. 자기만을 위하면 아무리 거창한 일을 해도 의미가 생기지 않는다.

수천 년 전 지혜가 이미 이 원리를 밝혀주고 있다.

주린 자에게 네 양식을 나누어 주며 유리하는 빈민을 집에 들이며 헐벗은 자를 보면 입히며 …… 그리하면 네 빛이 새벽같이 비칠 것이며 네 치유가 급속할 것이며 _이사야서 58:7-8

우리 존재는 자기 생각만 하며 자신을 맴돌면 결코 살아 있음을 느낄 수 없다.

마지막 시간 ─────

죽음을 앞둔 마지막 시간이 오히려
생명을 살리는 치유의 기회가 된다.

제가 이곳에 오게 된 경위와 그 후의 삶을 묵상해보았습니다. 지
나고 보면 그 시간이 불행과 비참으로만 끝나는 게 아니었습니
다. 세상은 참 아름다운 것이지요? 변하는 인생은 그보다 더 아
름다운 것이겠고요. 지금 제 방에는 무한한 평화와 온화함이 가
득합니다. 제 마음에도 다른 잡다한 짐들이 이미 모두 다 떨어져
나가고 없습니다. 저는 행복감 속에서 노래를 부르고 있습니다.

어떤 사람이 쓴 글일까? 여행가? 수도자? 요양 생활을 하는 환
자? 아니다. 사형수가 쓴 글이다. 그는 이 글을 쓰고 얼마 뒤 사
형 집행을 당하였다.

헌책방에 들렀다가 어느 사형수가 80세의 교화위원을 어머니로 모시며 5년 반 동안 보냈던 100여 통의 편지를 수록한 책을 만났다. 오랜만에 책을 읽으면서 눈물을 흘렸다. 구절구절에 소망과 기쁨이 넘쳐 그가 사형수라는 사실이 믿기지 않을 정도였다.

사형수야말로 세상 가장 끄트머리에 처한 사람이다. 자신의 범죄에 대한 죄책감과 언제 닥칠지 모를 죽음의 공포를 그 무엇과 비교할 수 있을까? 그런데 이 사형수는 감옥에서 신앙을 가진 뒤 완전히 변했다. 같이 있는 동료 죄수들을 일일이 찾아 보살펴주고, 뜨거운 눈물을 같이 흘리며 격려해주어 많은 사람이 새로운 힘을 얻었다. 감화를 받고 출소한 사람 여럿이 그의 구명을 위하여 애절하게 노력하기도 했다. 교도관들도 그를 '선생'이라고 부르며 존경하였고, 심지어 교도소 사목 활동을 하는 신부들도 그에게 자신들을 위하여 기도해줄 것을 부탁할 정도였다.

그의 편지에는 자신의 문제보다 동료들을 걱정하는 이야기가 자주 나온다. 같이 지내던 사형수가 처형된 날에는 충격 상태에 빠진 사형수들을 일일이 찾아가 위로했다.

"가시는 임이 기쁘게 저세상으로 가셨으니 우리도 감사한 마음을 갖자."

또한 나이 어린 수감자들에 대한 사회의 차가운 시선에 안타까움을 토로하기도 하였다.

그가 어떤 죄를 저질렀는지는 알 수 없다. 사형 판결을 받았으니 매우 무거운 범죄였을 것이다. 그러나 그는 죄의 짐을 완전히 벗어버렸다. 아무리 큰 죄를 저질렀어도 마음만 먹으면 새로운 삶을 살 수 있고, 어느 곳에 있든지 사람들을 도우며 의미를 찾을 수 있다는 사실을 보여주었다. 죽음을 앞둔 삶의 마지막 시간을 보내며 그의 삶에 치유와 도약, 성숙이 이루어진 것이다.

영화 〈우리들의 행복한 시간〉에서도 같은 사실을 확인할 수 있다. 세 번이나 자살을 기도할 정도로 심한 우울증을 앓는 여자와 살인죄로 사형 판결을 받은 남자가 교도소 면회실에서 만나면서 차츰 마음을 열기 시작한다. 자신이 성폭행당한 사실을 집안 망신이라며 덮어둔 어머니를 증오하던 여자는 남자의 사형 집행일에 마침내 어머니를 용서하고, 남자는 참된 사랑을 받았음을 느끼며 교수대에 오른다. 이생에서의 시간이 끝나가는 마지막 시간에 상처투성이 두 사람에게 치유가 일어나는 신비를 어떻게 이해할까?

중환자 병동에서 호스피스 활동을 해온 분에게 들은 말이다. 죽음을 앞두고 놀랍게 변하는 사람들이 있다고 한다. 극심한 고통 속에서도 차츰 죽음을 받아들이면서 마지막 시간을 정리하는데, 이때 인간관계의 근본적인 회복이 일어난다. 죽음 앞에서 서로의 진실한 모습이 드러나면서 오랫동안 감춰둔 감정이 터져 나오고, 가족 간의 진정한 이해와 용서가 이루어지는 것이다. 죽음을 앞둔 마지막 시간이 오히려 생명을 살리는 치유의 기회가 된다. 마지막 시간을 아름답게 보내고 떠나는 사람이 남아 있는 사람들에게 삶의 새로운 문을 열어주는 것이다. 그는 이런 모습을 보면서 인간은 존엄한 정신적 존재라는 사실을 확신한다고 말했다.

문득 자문해본다. 나의 마지막 시간은 언제일까? 불치병에 걸려 시한부 생명을 선고받을 때일까? 아니다! 언젠가 닥쳐올 죽음을 앞둔 시한부 존재로서, 오늘이 사실은 나의 마지막 시간 중 첫날이 아닐까? 지금 이 순간이 나의 마지막 시간인 셈이다. 그렇다면 나는 지금 '마지막 시간'을 제대로 살고 있는가?

정의의 아들, 지혜의 딸 ───

판결이 차가운 정의의 아들이라면,

화해는 따스한 지혜의 딸이다.

《베니스의 상인》에 나오는 포샤의 재판은 명판결의 하나로 손꼽힌다. 안토니오는 샤일록에게 돈을 빌리면서 3개월 내에 갚지 못하면 가슴에서 1파운드의 살을 떼주기로 공정증서를 작성한다. 그런데 안토니오는 뜻밖의 사고로 그 기한을 어겼고, 샤일록은 '법대로' 살을 도려내겠다고 안토니오를 상대로 재판을 걸었다.

이때 판사로 등장한 포샤는 샤일록에게 "그대가 원하는 대로 정의를 주겠다."면서 "살 1파운드를 도려내되, 피는 한 방울도 흘려서는 안 된다."라고 판결한다. 공정증서에는 '살 1파운드'만 기재되어 있다는 것이 그 근거였다. 반박할 말이 없어진 샤일록이 원금만이라도 돌려달라며 애걸하지만, 포샤는 차갑게 이를 기각한다.

이 재판이 통쾌한 이유는 공정증서를 근거로 한 무리한 청구를 동일한 증서를 내세워 뒤집어엎은 명쾌한 논리에 있다. 그런데 문학성을 떠나 이 판결만 놓고 보면 이것이 과연 옳은지 의심이 든다. 샤일록은 돈을 한 푼도 돌려받지 못한 채 베니스 사회에서 웃음거리가 되었으니 너무 가혹한 것 아닐까? 오히려 두 사람이 좋은 관계를 맺도록 당부하고 원금에 넉넉히 이자를 붙여서 돌려주도록 화해를 유도하는 편이 더 좋았을 것이다.

재판 과정에서 엄격한 법리에 따른 판결보다는 소박한 화해(조정)가 훨씬 더 좋은 해결책이 되는 경우가 많다. 미국은 민사 분쟁의 90퍼센트, 일본은 40퍼센트 정도를 화해로 해결한다. 이에 반해 우리나라는 화해율이 10퍼센트 정도에 불과하다. 판결은 시간이 오래 걸리고 소송 비용이 많이 들며 심적 고통 또한 이루 말할 수 없이 크다. 또한 재판을 하면서 당사자들의 사이는 더욱 나빠진다. 화해는 이런 폐해를 막는 것에서 나아가 더 깊은 의미가 있다. 화해에는 그 자체로 과거를 치유하는 힘이 있다. 특히 이혼소송이나 혈육, 친구 등 평소 가까운 사람들 사이의 소송에서는 더욱 그러하다.

그래서 나는 약간의 가능성이라도 보이면 화해를 권하는데, 사람 사이에 품격의 차가 정말 완연하다. 억울한 피해를 입고도 관대한 사람이 있는가 하면, 자기 잘못이 큰데도 상대방만 탓하는 사람이 있다. 조정에 이르기 위해 반드시 넘어야 할 마음의 장벽 몇 가지가 있다.

첫째는 자기 입장만 생각하는 자기중심성이다. 대개 자기 사정이나 손해만 생각하지 여간해서는 자기 잘못을 인정하지 않는다. 이때 나는 이러한 말을 해준다.

"장기 둘 때 자기 패만 보고, 상대방 패는 보지 않는 사람은 항상 지기 마련입니다. 장기 잘 두는 사람은 상대방 패를 더 자주 본답니다. 지금 원고께서는 자기 패만 보고 계시네요."

역지사지易地思之의 입장 전환을 권고하는 것이다. 진심으로 상대방 입장에 서봄으로써 적잖이 심리적 충격을 받는 사람이 많다.

둘째는 상처 입고 화가 난 감정 상태다. 상대방이 너무 미워 화해할 마음이 전혀 없다. 이때는 내 경험담을 이야기한다.

"운전하는데 어떤 차가 신호를 무시하고 돌진해서 죽을 뻔했어요. 격분해서 신고하려고 그 차를 쫓다가 문득 내가 분노의 포로가 되어 있다는 생각이 들어서 방향을 틀어 내 갈 길을 갔답니다. 조금 지나니까 정말 잘했다는 생각이 들었어요. 화가 난 감정 상태로 행동하면 후회합니다."

이렇게 감정의 전환을 유도해본다. 웬만한 사람들은 이러한 과정에서 마음을 돌려 조정에 진지하게 응한다.

화해의 마지막 단계는 치유의 순간이 될 때가 많다. 고통스러웠던 분쟁을 새롭게 보며 상대방의 입장을 최소한이라도 이해하고 책임을 분담하기로 결심한다. 상대방과 자신, 분쟁을 보다 높고 깊은 관점에서 바라보는 것이다.

화해의 치유력을 실감한 사건이 있다. 60대 여인이 이혼한 전남편을 상대로 부동산 소유권이전등기 청구소송을 제기했다. 두 사람은 이혼한 뒤 15년 동안 재산 분할을 둘러싸고 세 번의 민사재판을 했고, 내가 재판을 맡았을 때 전남편은 중병에 걸린 상태였다. 계속된 소송으로 인해 두 사람 모두 심신이 피폐해지고 극도의 증오심만 남은 것 같았다.

처음에 이들은 화해에 완강한 거부감을 보였으나 차츰 서로 오해를 풀기 시작했다. 감정 처리가 쉽지 않았지만 네 차례 조정기일 끝에 최종 합의가 이루어졌고, 나는 두 사람에게 간곡히 부탁했다.

"이제 남은 생을 평화롭게 사십시오."

백발이 성성한 두 사람이 마음의 짐을 훌훌 털고 악수하는 모습에서 그동안 입었던 서로의 상처가 봉합되는 것을 볼 수 있었다. 그 순간 나의 내면에서도 따스한 치유력이 샘솟는 기분이었다.

판결이 완벽하고 차가운 '정의'의 아들이라면, 화해는 불완전하지만 자기 한계를 아는 따스한 '지혜'의 딸인 셈이다. 따스함이 차가움보다 훨씬 좋지 않은가! 그래서 화해는 명판결보다 더 귀하다.

아름다운 벌 ———

다른 사람의 믿음을 받음으로써

자신이 새롭게 되는 변화는 신비에 가깝다.

미국에서 실제로 있었던 일이다. 외줄 타기 도사인 사람이 뉴욕의 쌍둥이 빌딩인 세계무역센터에 몰래 들어가 두 빌딩 사이에 줄을 걸어놓고 줄타기를 하였다. 마침 출근 시간이어서 이를 구경하는 사람들 때문에 맨해튼의 교통이 완전히 마비되었다. 교통 혼란, 빌딩 무단침입죄로 체포된 그를 담당 판사는 엄히 나무란 뒤에 뜻밖의 벌을 내렸다.

"뉴욕의 센트럴파크에 있는 가장 높은 나무들 사이에 줄을 걸어놓고 2주간 동안 시민들에게 외줄 타기를 보여줄 것."

10여 년 전 이 글을 읽고 이런 판결을 할 수 있는 미국 제도가 무척 부러웠다. 얼마나 자유롭고 인간적인 벌인가! 이것은 사회봉사 명령에 해당하는 벌인데, 당시 우리나라에는 이러한 제도가 없었다. 우리는 1997년에야 사회봉사 명령 제도를 도입하였다. 다만 미국처럼 자유스러운 것이 아니고 징역형의 집행유예 판결을 선고받은 피고인에 대하여 몇 주일간 관청의 잡일이나 거리 청소 등 노동 봉사를 시키는 것이다. 그래서 나는 사회봉사 명령에 대하여 별 기대를 하지 않았는데, 작년에 형사재판을 하면서 이와 관련된 사회복지기관을 둘러보다가 뜻밖의 사정을 알게 되었다. 내가 확인한 사례 가운데 기억에 남는 두 건의 이야기다.

20대 남성이 폭력 행위로 구속되었다가 사회봉사 명령을 받고 구청 사회복지관에 배정되었다. 이 복지관에는 달동네에 사는 영세민 노인들이 많이 찾아왔다. 잔심부름이나 청소를 하면서 전과자라는 자책감 속에서 지내던 어느 날, 그는 복지관 지하에서 탁구를 치는 노인들을 보게 되었다. 평소 탁구를 제법 하던 터라 노인들의 엉성한 탁구 솜씨를 지도해보기로 했다.

무료하던 노인들에게 그의 친절한 탁구 강습은 큰 인기를 끌었고, 어느새 노인들에게 없어서는 안 될 귀한 친구가 되었다. 그 자신도 자기에게 이렇게 쓸모 있는 면이 있었다는 사실에 놀랐고 자신을 새롭게 생각하며 용기를 찾았다. 그는 의무 봉사 기간이 끝난 후에도 틈틈이 사회복지관을 찾아 탁구를 가르쳐주고 있다고 한다.

한 40대 남성은 주변에서 망나니 소리만 듣고 살아온 사람이었다. 술만 먹으면 행패를 부리고 직업도 변변치 않아 부인이 생계를 담당하였다. 그는 사회봉사 명령을 받고 지적장애아들을 수용하고 있는 복지시설에 다녔다. 처음에는 그 아이들을 재수 없다고 생각했으나 그들을 돌보면서 차츰 마음이 변했다. 구김살 없이 자기를 믿어주고 따르는 아이들에게서 기쁨을 느꼈다. 자신의 새로운 모습을 깨닫고 새 의욕을 갖게 되었다. 요사이도 명절 때마다 아들과 함께 선물을 들고 복지시설을 찾아간다고 한다.

거친 삶을 살아온 이들을 변화시킨 힘은 무엇일까? 고상한 철학이나 훈련이 아니라, 자기보다 훨씬 약하고 모자라는 노인과 지적장애아들로부터 받은 무조건적인 신뢰였다. 이런 믿음을 통하여 실망과 불신 속에 갇혀 있던 자신의 새로운 모습을 발견한 것이다.

다른 사람의 믿음을 받음으로써 자신이 새롭게 되는 변화는 신비에 가깝다. 이를 보면서 오히려 내 생활에 변화가 없던 것이 남을 돕지 않아서였구나 하는 반성을 했다.

　형벌의 이념은 응보형應報刑에서 교육형으로 변하여 왔으나 수형자들의 변화가 거의 없어 그 이상이 퇴색되어가는 실정이다. 그럼에도 사회봉사 명령은 놀라운 변화를 가져오고 있다. 그러고 보면 이러한 기회를 강제로 선사하는 사회봉사 명령은 정녕 아름다운 벌이 아닌가! 앞으로 좀 더 다양하고 효과가 있는 사회봉사 명령이 개발되면 좋겠다.

자기를 넘어서는 무엇인가 ─

자기만이 궁극적 관심의 대상이 되면

결코 행복해질 수가 없다.

1943년 3월, 중국 북부를 점령한 일본은 산둥 지역에 수용소를 만들고 서양인 2천 명을 강제로 수용하였다. 이들은 전기 철조망과 감시탑으로 둘러싸인 이곳에서 1945년 9월까지 2년 6개월간 지냈다. 폭력이나 고문은 없었지만 수용자들은 전쟁이 언제 끝날지, 자신들의 운명이 어떻게 될지 모르는 긴장된 상황 속에서 지냈다. 비좁고, 음식이 부족해서 견디기 힘든 생활이었다.

이들 속에 스물네 살의 미국인 랭던 길키Langdon Brown Gilkey도 있었다. 하버드대학에서 철학을 공부하고 베이징의 연경대학에서 영어를 가르치던 그는, 수용소에서 인간의 본성과 공동생활의 적나라한 모습을 목격할 수 있었다.

그가 충격을 받은 것은 인간이 아주 이기적이며 이웃을 생각하는 존재가 결코 아니라는 점이었다. 굶주린 상황에서 다른 사람에게 음식을 양보하는 경우는 거의 없었고, 조금이라도 더 얻으려고 다투었다. 선교사들도 소수의 예외가 있었지만 마찬가지였다. 미국 적십자사가 수용소로 위문품을 보내자 수용소장은 이를 미국인에게는 1.5개, 나머지 수용자들에게는 1개씩 배분하려고 하였다. 일부 미국인들이 이는 미국인에게 온 것이므로 자기들이 7.5개씩 가져야 한다고 주장하였다. 다른 수용자들의 반발로 내분이 일어날 정도였다. 도쿄까지 보고가 된 끝에 일본 정부는 전원에게 1개씩 배분하라고 결정하였다. 미국인들은 오히려 손해를 본 셈이었다.

식량 배급이 더 줄어들자, 수용자들은 틈만 생기면 식품 재료를 훔쳐갔고, 주방에서는 재료 부족으로 음식을 만들기가 어렵게 되었다. 서로 의심하고 비난하여 공동생활이 어려울 지경이었다. 이때 몇 명의 정직한 사람들이 나섰다. 주방을 맡아 배급된 식량을 정직하게 관리하여 수용자들에게 최소한의 음식을 공급하였다. 이들이 없었다면 수용소의 생활이 무너져 버렸을 것이다. 공동체가 가능하려면 인간은 도덕성을 갖추어야 한다는 사실, 반면에 인간은 이기심을 극복하는 것이 아주 어렵다는 사실이 명백하였다.

길키는 미국으로 돌아온 후에 사회에서도 동일한 현상이 일어나고 있음을 목격하였다. 단지 생활환경이 편하여서 각자의 이기심이 드러나지 않을 뿐이었다. 종교가 말하는 인간의 선함은 이런 이기심을 간과한 환상에 가까운 것 같았다. 그는 마음을 바꾸어 신학자가 되었고, 20년이 지난 뒤 수용소 경험에 대한 오랜 사색 끝에 《산둥수용소》라는 책을 펴냈다. 현실과 영성을 함께 다룬 영향력이 큰 책이었다. 그의 생각을 요약하면 아래와 같다.

누구나 자신에게 안정감과 자존감을 주는 무엇이 있고, 이를 얻기 위하여 안간힘을 쓰며 살아간다. 대개는 자신의 재산, 명예, 안전 등이 궁극적 관심의 대상이 되고, 선택과 행동 방식을 결정한다. 수용소와 같이 힘든 상황이 되면 어느 때보다도 자신과 자신의 소유에 집착하게 된다. 그런데 자기만이 궁극적 관심의 대상이 되면 결코 행복해질 수가 없다. 자아는 불완전하고 변덕스럽기 때문에 이를 중심으로 맴도는 삶은 불안정하고 단편적 의미밖에 얻을 수 없다. 힘든 일이 생기면 이런 삶의 방식은 무너져버린다. 올바른 길은 자기를 넘어서는 무엇인가를 삶의 중심으로 삼는 것이다. 삶과 역사의 궁극적 질서를 믿는 것이다. 이럴 때만 깊은 안정감과 충만한 의미를 얻을 수 있다. 자기를 포기할 때 이기심에서 벗어날 수 있고, 흔들리지 않는 행복을 느낄 수 있다.

그의 결론은 단순하고도 의미심장하다. 참 행복을 위하여 '자기를 넘어서는 무엇인가'를 찾아야 한다는 것이다. 흔한 말 같지만, 이 말은 결코 책상에서 나온 것이 아니다. 수용소에서 인간의 이기심을 뼈저리게 겪고 절망하였던 현실에서 나온 것이어서 무게가 남다르다.

그럼에도 이 길은 결코 쉽게 갈 수 있는 것이 아니고, 실제 이렇게 하는 사람은 소수에 불과하다. "좁은 문으로 들어가라"는 예수의 가르침이나, "인심유위 도심유미 人心惟危道心惟微"(사람의 마음은 위태롭기만 하고, 도를 지키려는 마음은 극히 희미하다.)라는 《서경》의 말은 이것을 뜻하는 것이리라. 좋은 삶은 흔하지 않고, 결코 쉽게 오지 않는 것 같다. 새삼 나의 사는 방식에 대하여 곰곰이 생각하게 된다.

민 선생님 ──────

그저 고통을 자기 것으로 받아들이고,

있는 힘을 다해 견뎌왔다.

소식이 끊겼거나 오랫동안 만나지 못한 친구 혹은 지인이 문득 생각날 때가 있다. 재미있는 것은 웃는 모습이나 화난 모습, 이야기하는 모습 등 그들의 큰 특징만 떠오른다는 점이다. 이 가운데 늘 미소를 띤 온화한 모습으로 마음 깊이 남아 있는 한 사람이 있다. 초등학교 4학년 때 한 동네에 살던 민 선생님이신데, 그는 한국전쟁 때 두 다리를 잃어버린 상이군인이었다.

　어느 날 그가 동네 아이들에게 공부를 가르쳐주겠다고 했다. 변변한 선생님이 있을 리 없는 서울 변두리 동네 아이들은 좋아하며 금세 모여들었다. 대여섯 명이 일주일에 세 번 그 댁에 가서 공부를 했다. 말이 공부지 사실은 이야기하고 책 읽고 그림 그리는 자율 학습이었다.

　사실 처음에는 선생님의 빈 바지 자락이 좀 무서웠다. 하지만 늘 웃으며 온화한 표정을 잃지 않는 선생님과 금세 친해질 수 있었다. 선생님은 우리가 재미있는 이야기나 학교와 집에서 겪은 일을 이야기하면 껄껄 웃으셨다. 나는 당시 아버지가 사업에 실패하고 늘 우울해하시던 터라 선생님의 유쾌한 모습이 더 좋았다. 어린 나이에도 '선생님은 다리가 없는데도 어쩜 저렇게 밝은 표정이실까?' 하고 늘 궁금했던 것 같다. 그렇지만 이 공부는 5학년 때 선생님이 이사를 가시면서 끝이 났고, 이후 선생님과도 소식이 끊겼다.

　그런데 올봄 동생이 우연히 학교 동창인 선생님의 장남을 만났다며 선생님 소식을 전했다. 기뻐서 즉시 선생님께 연락해달라고 부탁했다. 나이가 들면서 선생님 생각이 자주 나던 터였다. 나는 비교적 순탄한 생활을 해오면서도 작은 일에 고민하고 어려움을 느낄 때가 적지 않았다. 선생님께 불편한 몸으로 어떻게 그런 온화한 미소를 잃지 않으셨는지 비결을 여쭙고 싶었다. 또 어찌 변하셨는지도 보고 싶었다.

　선생님 댁을 방문하자 내외분이 반갑게 맞아주셨다. 40여 년 만에 뵙는 선생님 얼굴에는 예전의 미소와 온화함이 그대로 묻어났다. 선생님의 이야기를 본격적으로 들었다. 선생님은 1930년생으로 어린 나이에 고아가 되어 고모 손에서 자랐고 육군 장교로 임관했다가 1953년 결혼을 하셨다. 결혼하고 귀대한 지 일주일 만에 막바지 인제전투에서 지뢰에 두 다리를 잃었다. 당시 불구가 되어 자살하는 군인들이 많았는데, 자신도 자살을 생각하다가 부인의 헌신적인 도움도 있었고, 때마침 아이들도 생겨 간신히 삶의 의욕을 찾으셨다고 한다. 그 뒤 부부가 상이군인의 성공 사례로 여러 기관에 강의도 다니고 훈장까지 받으셨다고 한다.

그런데 내가 선생님께 어떻게 늘 온화한 태도를 유지할 수 있는지 비결을 묻자 선생님은 깜짝 놀라면서 "나는 한 번도 온화한 마음을 가져본 적이 없다."라고 하셨다. 오히려 절단한 다리 부분에 신경통이 심해 데굴데굴 구르면서 울부짖은 적이 여러 번이었다고 하셨다. 또한 이 몸으로 어떻게 살아갈까 싶어 절망하며 머리를 찧고 괴로워했다는 것이다. 다만 우리가 공부하러 올 때는 마음을 정리하고 세수를 한 다음 고통을 내색하지 않으려고 애쓴 것뿐이라고 하셨다.

그 후에도 절단한 부분에 불 인두로 지지는 듯한 고통이 빈번하게 찾아오고 진통제도 효과가 없어서 평생 그 고통을 감내하며 지냈다고 담담히 말씀하셨다. 그러다 6년 전에는 더 견딜 수 없어서 신경을 죽이는 수술을 하여 요사이 좀 나아졌다고 하셨다. 그저 고통을 자기 것으로 받아들이고, 있는 힘을 다해 견뎌왔다는 말씀뿐이셨다.

선생님의 말씀을 들으면서 온화함의 '비결'을 물으려던 나 자신의 얄팍함이 부끄러웠다. 삶에는 비결이란 게 없었다. 그저 주어진 현실을 정면으로 받아들이고 힘을 다하여 견뎌 나가는 것이 최선일 뿐이다. 마음의 어떤 특별한 상태가 아니라, 자신과 주변 사람을 위하여 최선을 다하는 마음이 진정한 온화함이 아닐까? 선생님은 극구 아니라 하셨지만 40여 년 만에 뵌 선생님은 정말로 온화한 분이셨다. 선생님은 내게 온화함의 알맹이는 '용기와 책임'이라는 것을 다시 가르쳐주셨다.

진정한 성공은 무엇인가 ─────

인생은 성공이 아니라
성장의 드라마다.

요즈음 부쩍 '인생에서 성공이 무엇일까?' 생각할 때가 많아졌다. 같이 나이 들어가는 친구들을 유심히 살피고, 노년으로 접어든 선배들의 행동거지를 주의 깊게 보게 된다. 사회적, 경제적인 성공은 쉽게 드러나지만, 인생의 성공은 알기 어렵다.

나는 인생의 성공을 "어려운 일을 당했을 때 가장 먼저 찾아가 의논하고 싶은 사람이 되는 것"이라고 정의하고 싶다. 자신이 큰 잘못을 하거나 위기에 처했을 때 속사정을 털어놓고 의논할 사람을 찾는 것은 쉽지 않다. 진정으로 믿을 수 있고, 지혜로운 사람만이 대상이 될 수 있다.

오래전 아주 힘든 일을 겪은 적이 있었는데 한 친구로부터 큰 도움을 받았다. 그는 자기 스케줄을 조정해가면서 여러 차례 시간을 내었고, 나의 말을 경청하며 조심스레 조언해주었다. 그는 원래 나와 절친한 사이는 아니었다. 평소 조용한 태도에 평범해 보이는 편이었는데 일이 생기자 뜻밖에도 그가 먼저 떠올랐다. 아마도 그에게서 깊은 무엇을 느껴서 그랬을 것이다. 그 후 그가 20대 시절에 공황장애를 앓았고, 이를 극복하기 위한 싸움을 평생 해왔다는 사실을 알게 되었다. 그는 외적으로는 크게 성공했다고 보기 어렵지만, 주변 사람들이 조용히 그의 곁에 모이는 모습을 보면서 진짜로 성공한 사람이라는 생각이 든다.

《인간의 품격》을 쓴 데이비드 브룩스David Brooks는 성숙한 사람을 이렇게 묘사한다.

> 자신의 결함에 맞서 투쟁을 벌인 사람은 어떤 경우에든 성숙해진다. 성숙함은 비교할 수 있는 것이 아니다. 그것은 다른 사람보다 더 나아서 얻는 게 아니라, 이전의 자신보다 더 나아짐으로써 얻는 것이다. 성숙함은 빛나지 않는다. 성숙한 사람은 안정되고 통합적인 목적을 가지고 있다. 성숙한 사람은 내면이 조각난 상태에서 중심이 잡힌 상태로 변화한 사람이고, 마음의 불안과

동요에서 벗어난 사람이며, 삶의 의미와 목적에 관한 혼돈이 가라앉은 사람이다. 그는 궁극적으로 중요한 긍정을 위해 수많은 부정을 해온 사람이다.

종교와 심리학은 일치하여 사람에게 두 가지 자아가 있다고 말한다. 외적인 것을 추구하는 자아는 자신의 커리어와 명예에 관심을 집중하며 성공을 목표로 한다. 내적인 것을 중심으로 삼는 다른 자아는 내적인 변화와 존재의 근원에 관하여 관심을 갖는다. 전자를 소아小我, '겉 사람'이라 하고, 후자를 대아大我, 진아眞我, '속사람'이라고도 부른다. 살아가면서 두 자아의 갈등 사이에서 지내는 게 우리 모습이다. 성장은 두 자아의 통합이 이루어지면 내면에 중심이 서는 것을 뜻한다.

그런데 이렇게 내적인 성장을 이룬 사람은 만나기가 쉽지 않은 데다, 요즈음은 내적인 성장에 아예 관심을 갖지 않는 듯하다. 경제력과 명예 등 외적 성공은 중요한 것이고 이를 얻기 위하여 최선을 다해야 한다. 그런데 성공만이 중요하다 믿고 다른 것들을 무시할 때 문제가 생긴다. 왜 그런가? 성공은 본질적인 가치를 가질 수 없기 때문이다. 성공하기 위하여 우리는 다른 사람을 끊임없이 경계하고 나와 비교하며 의식한다.

늘 결과에 마음 졸이고 쫓겨서 삶에 단기적인 전망만 갖게 된다. 안락과 승리감 등 성공의 보상은 크지만, 동시에 불안과 두려움, 거짓된 느낌이 동반할 수밖에 없다. 외적 성공은 삶의 최고 목표가 될 수 없는 불안정한 것이다.

반면에 성장은 본질적인 요소를 갖고 있다. 다른 사람을 의식할 필요가 없고, 나 자신과만 비교한다. 삶이 연속되며 장기적인 관점을 가질 수 있다. 성장은 성공만이 아니라 실패와 고통 등 여러 경험을 기꺼이 받아들이므로 안정감, 든든함을 가질 수 있다. 삶에서 일어나는 수많은 일을 받아들이며 성찰하고, 다시 결심하는 과정을 반복하며 차츰 용기 있고 정직한 사람으로 변한다. 이렇듯 성장은 시간이 오래 걸리고 잘 드러나지 않는다.

성공 대신에 성장하기로 결심해야 자신의 삶을 길게 올바르게 볼 수 있지 않을까. 데이비드 브룩스의 말처럼 "인생은 성공이 아니라 성장의 드라마이며, 더 나은 사람이 되기 위한 투쟁"이다. 성장은 내가 보다 깊은 사람이 되는 것이며, 이것이야말로 진정한 성공이라고 나는 믿는다.

잊을 수 없는 증인

초판 1쇄 인쇄 2021년 7월 16일
초판 1쇄 발행 2021년 7월 23일

지은이 | 윤재윤
펴낸이 | 한순 이희섭
펴낸곳 | (주)도서출판 나무생각
편집 | 양미애 백모란
디자인 | 박민선
마케팅 | 이재석
출판등록 | 1999년 8월 19일 제1999-000112호
주소 | 서울특별시 마포구 월드컵로 70-4(서교동) 1F
전화 | 02)334-3339, 3308, 3361
팩스 | 02)334-3318
이메일 | tree3339@hanmail.net
홈페이지 | www.namubook.co.kr
블로그 | blog.naver.com/tree3339

ISBN 979-11-6218-161-4 03810